DAGMAR HANSEN

Ein Hauch von Mord

Buch

Heide Bertram, Anfang vierzig, ist eine vorzügliche Nachbarin: hilfsbereit, ruhig, freundlich. Ihren Lebensunterhalt verdient sie mit biologisch angebautem Obst und Gemüse, das sie auf dem Wochenmarkt verkauft. Und da Kräuter und Heilpflanzen ihr Spezialgebiet sind, hält sie eine gut besuchte Kräutersprechstunde ab. Denn Heide gilt als Fachfrau für privates Leid. Schließlich hat sie als junge Frau ihre Eltern bei einem Autounfall verloren, nur wenige Jahre später ihre ältere Schwester. Klaglos hat Heide sich in ihr Schicksal gefügt und ist aus Frankfurt ins hessische Kirchmünden zurückgekehrt, um das Haus der Eltern und den Garten zu pflegen. Der Vertrauensbonus, den sie in ihrem Heimatort genießt, hat nur einen Haken: Freunde hat Heide Bertram nicht – sie weiß zuviel.

Eines Tages kehrt die bewunderte Schulfreundin Silvia Brandt, Tochter aus reichem Hause, nach Kirchmünden zurück. In Silvias vielversprechendem Jetset-Leben ging alles schief: zwei Ehen kaputt, Geld verprasst – nun bleibt nur die steinreiche Großmutter und die Hoffnung auf ein stattliches Erbe. Als Heide Silvia zufällig auf dem Friedhof trifft, bahnt sich nach all den Jahren eine Freundschaft an. Silvia, zermürbt von den kleinen Gemeinheiten ihrer gebrechlichen, aber geizigen Oma und von ihrem Noch-Ehemann, unter Druck gesetzt, muss irgendwie zu Geld kommen. Nichts liegt näher, als ein plötzlicher Todesfall in der Familie. Als gute Freundin weiß Heide Silvia zu helfen. Schließlich hat sie bereits ein paar Leichen im Keller …

Autorin

Dagmar Hansen, 1957 geboren, studierte Sprachen und ist Diplom-Dolmetscherin. Seit 1993 arbeitet sie als freie Autorin.

Bei Goldmann bereits erschienen

Zucker auf der Fensterbank. Roman (42876) • Der Vamp im Schlafrock. Roman (43607) • Pommes mit Ketchup. Roman (44156)

Dagmar Hansen

Ein Hauch von Mord

Roman

GOLDMANN

Originalausgabe

Umwelthinweis:
Alle bedruckten Materialien dieses Taschenbuches
sind chlorfrei und umweltschonend.
Das Papier enthält Recycling-Anteile.

Der Goldmann Verlag
ist ein Unternehmen der Verlagsgruppe Bertelsmann GmbH

Originalausgabe Juni 2000

Umschlaggestaltung: Design Team München
Umschlagmotiv: Claude Monet
Satz: deutsch-türkischer fotosatz, Berlin
Druck: Elsnerdruck, Berlin
Verlagsnummer: 44733
FB · Herstellung: Peter Papenbrok
Madein Germany
ISBN 3-442-44733-X

1 3 5 7 9 10 8 6 4 2

Blutkraut

(Hypericum perforatum)

Salome ließ Johannes dem Täufer den Kopf abschlagen. Dort, wo sein Blut in die Erde sickerte, wuchs eine Pflanze mit goldgelben Blüten, die einen heilkräftigen, blutroten Saft enthalten. Der Teufel geriet darüber so in Zorn, dass er eine Nadel nahm und in rasender Wut auf die Blätter einstach. Seither haben die Blätter des Johanniskrauts, das auch Blutkraut genannt wird, ein Lochmuster aus kleinen Tüpfeln.

Ob Johannes weiß, was sein Kraut alles kurieren kann? Angstgefühl und Bettnässen, Depressionen und Nervosität, Quetschungen, kleinere Wunden und offene Hautblasen; nicht zu vergessen Wechseljahrbeschwerden und Wetterfühligkeit. Aber vielleicht lassen die Lebenden und ihre Leiden den Täufer ja kalt. Bei den Toten weiß man nie. Sie drängen sich in unsere Gedanken und Träume, sie sprechen zu uns, aber wir hören ihre Worte nur in unserer eigenen Stimme.

Gesammelt wird das Kraut im Sommer, zur Blütezeit, denn die Blüten enthalten die meisten Wirkstoffe. Ich kenne eine Böschung, die ist im Juli mit gelben Doldenrispen überzogen, und die Schmetterlinge tanzen in der Sonne.

Aus den frisch geernteten Blüten und reinem Olivenöl setze ich Rotöl an (es ist wirklich rot, so rot wie frisches Blut), zur äußerlichen Anwendung bei Verletzungen. Der Tee aus getrockneten Blüten, regelmäßig über mehrere Wochen getrunken, ist Balsam fürs Gemüt. Wenn jemand sehr traurig und niedergeschlagen ist, empfehle ich, zusätzlich etwas Pulver einzuneh-

men. Ich zerreibe die getrockneten Blüten im Mörser und fülle das Pulver in ein Schraubglas. Bei Bedarf ein Löffelchen. Das wirkt Wunder!

Heide Bertram

1

Sie hatte das Grab ihrer Eltern mit Lavendel und Salbei bepflanzt und dazwischen im Frühjahr Ringelblumen und gelbe Kapuzinerkresse gesät. Die kleinen orangefarbenen Sonnen der Ringelblumen blühten immer noch, die Ranken der Kapuzinerkresse wucherten üppig über die Grabeinfassung. Heide schnitt die verblühten Salbei- und Lavendelblüten ab und stutzte die kleinen Sträucher in Form; schnippte noch ein paar abgeblühte Ringelblumen mit der Gartenschere ab. Dann trat sie ein paar Schritte zurück, um mit schiefgelegtem Kopf das Ergebnis ihrer Arbeit zu begutachten. Ja, wirklich hübsch, ein Zipfel Bauerngarten, der sich in ihren Augen wohltuend von den fleißigen Lieschen und Chrysanthemen ringsum abhob.

Sie stellte sich gern vor, dass ihre Eltern, die vor achtzehn Jahren bei einem Autounfall ums Leben gekommen waren, gelegentlich diesen Ruheplatz ihrer sterblichen Hüllen aufsuchten und sich darüber freuten, wie viel Mühe Heide sich gab.

»Sie ist einfach rührend«, würde ihr Vater, der in diesem Januar seinen siebzigsten Geburtstag gefeiert hätte, anerkennend sagen. Er war Pfleger in einem Altenheim gewesen und hatte sich oft bitter über lieblose, pflichtvergessene Sprösslinge beschwert, die sich weigerten, ihre gebrechlichen Eltern zu besuchen. Manchmal hatte er Heide und ihre Schwester Irene in das hässliche, würfelförmige Gebäude mitgenommen, über dessen Eingang ein großes Schild angebracht war. »Haus des Lebens« stand da zu lesen, in großen gelben Buchstaben auf weißem Grund,

und daneben prangte eine gelbe Sonne. Mit acht Jahren, als sie zum ersten Mal durch die dunklen, nach Bohnerwachs riechenden Gänge ging, an der Hand der zwei Jahre älteren Irene, dachte Heide, dass diejenigen, die sich für den Namen entschlossen hatten, weil er ihnen passend vorkam, ganz sicher eine Brille benötigten: Die einzigen Bewohner, die voller Leben und bei bester Gesundheit schienen, waren die Topfpflanzen im Aufenthaltsraum und eine dicke, graugetigerte Katze, die auf einem Lehnsessel am Fenster zu schlummern pflegte.

Heides Mutter würde wohl einfach nur den Anblick der Blumen genießen und sich über die vielen Schmetterlinge am Lavendel freuen.

Der große Garten hinter dem kleinen Haus war einmal ihr Ein und Alles gewesen. Sie zog Obst und Gemüse und Gewürzkräuter, und nirgends in der Nachbarschaft blühten die Blumen üppiger. Irene zog eine Schnute, wenn Heide lieber mit der Mutter Himbeeren pflücken und anschließend Marmelade kochen wollte, anstatt mit ihr und den Jungs aus ihrer Klasse auf dem Sportplatz Fußball zu spielen. »Puh, bist du langweilig. Ein richtiges Hausmütterchen.«

Heide grinste dann nur und zuckte gelassen die Schultern.

Irene hatte zurückgegrinst und war abgezogen, um abends völlig verdreckt, mit zerschrammten Knien und rundum glücklich heimzukommen. Später, mit dreizehn, vierzehn, war sie hübsch, groß und schmal, mit langen dunklen Haaren, und alles im kleinen Kirchmünden war ihr auf einmal zu eng und zu spießig. Sie wollte weg, nach Berlin oder München oder am liebsten gleich nach Amerika. Mit sechzehn brach sie die Schule ab, mit siebzehn die Ausbildung zur Altenpflegerin, zu der die Eltern sie bekniet hatten.

In dem Sommer, als Irene siebzehn war und Heide fünfzehn,

in dem Sommer, als Irene sich weigerte, künftig auch nur einen Fuß in die Altenpflegeschule zu setzen, obwohl die Eltern argumentierten, flehten und drohten, lag sie nachmittags manchmal in Heides Zimmer auf dem Bett. Sie rauchte und schmiedete Pläne, während Heide am Schreibtisch saß und versuchte, sich auf die Hausaufgaben zu konzentrieren. »Ich kann den ganzen Scheiß nicht mehr hören! Mach erst die Ausbildung fertig, danach sehen wir weiter, du bist jung, blablabla, du hast dein ganzes Leben noch vor dir. Ich hau hier ab, dann ist endlich Ruhe. Ich halt's einfach nicht mehr aus in dem öden Kaff!«

Sie zog heftig an ihrer Zigarette und blies eine Rauchwolke zur Zimmerdecke.

»Aber …«, wandte Heide ein.

Irene warf ihr einen verächtlichen Blick aus kajalumrandeten Augen zu und winkte ab. »Ach, du. Du hast ja von nichts eine Ahnung. Du bist wie geschaffen für diesen Kleinstadtmief! Machst brav die Schule fertig, lernst was Ordentliches, heiratest irgendeinen Langweiler, kriegst zwei Kinder. Ich seh dich schon vor mir, wie du den Gören Apfelmus kochst und ihnen die Rotznasen putzt.«

Heide presste die Lippen zusammen und klappte demonstrativ ihr Mathebuch auf. Wer hier von nichts eine Ahnung hatte, war Irene. Wovon wollte sie leben in Berlin, München oder Amerika, wenn sie nichts gelernt hatte? Oh, Baby, sagte Irene herablassend, ich werde Model. Jede Menge Geld, Spaß, Klamotten und tolle Typen. Ich komme ganz groß raus, wirst sehen!

Ganz abwegig war die Idee nicht. Irene war einsdreiundsiebzig groß und nur dreiundfünfzig Kilo schwer, sie hatte die perfekten Maße (89 – 60 – 89), tolle lange Haare und ein hübsches Gesicht. Während sie von ihrer Modelkarriere träumte und eine Zigarette nach der anderen paffte, um ihren Hunger zu betäuben (wer konnte satt werden von zwei Magermilchjogurts, drei hartgekochten Eiern und einer halben Salatgurke am Tag), starrte Heide in ihr Mathebuch und plante ihr eigenes Leben. Lehrerin wollte sie werden, hier in Kirchmünden am Gymnasium. Sie würde ihre Lieblingsfächer unterrichten, Biologie und Englisch. Bis zu ihrer Hochzeit würde sie bei ihren Eltern wohnen, in ihrem kleinen Zimmer, das auf den Garten hinausging. Mit sechs-, siebenundzwanzig würde sie heiraten. Keinen Langweiler, sondern einen Mann, der sie liebte und den sie auch liebte, vielleicht mit blondem Haar und grünen Augen, so wie Volker Breitscheid, der zwei Klassen über ihr war und den sie aus der Ferne anbetete. Mehr war nicht drin, denn Volker hatte nur Augen für Silvia Brandt, die in Heides Klasse ging, und wer wollte es ihm verübeln. Silvia war schön und strich sich mit anmutigen Bewegungen das blonde Haar hinter die Ohren. Ihre vergissmeinnichtblauen Augen betrachteten die Welt in der Gewissheit, dass sie ihr zu Füßen lag.

Silvia kam aus reichem Hause. Ihrem Vater gehörte die Glockengießerei Brandt, ihre Großeltern residierten in einer riesigen alten Villa auf dem Prominentenhügel. In einer Clique, in der man Klavier- oder Geigenstunden bekam, Ballettunterricht nahm, Tennis spielte, zum Reiten ging, mit den Eltern nach Marokko oder Sardinien in Urlaub fuhr, war sie stets der glänzende Mittelpunkt. Bevor sie zu groß fürs Ballett wurde, übernahm sie bei den jährlichen Aufführungen der Ballettschule immer einen Solopart. Sie spielte Geige und besaß ein eigenes Pferd.

Heide war von Silvia geradezu fasziniert. So viel Glück und Erfolg, fast zu viel für einen einzigen Menschen. Sie spitzte die Ohren, wenn Silvia, die eine Reihe hinter ihr saß, in den Fünfminutenpausen erzählte, ja, sie drehte sich sogar um und lauschte ganz unverhohlen. Silvia machte das nichts aus; sie lächelte

Heide an oder zog sie ins Gespräch. Heide spürte, dass Silvia sie mochte.

Natürlich fragte sie nie, ob Heide Lust hatte, mit ins Schwimmbad oder Kino oder ins Eiscafé zu gehen. Sie hatte viele Freundinnen und sehr wenig Zeit. Und in diesem Sommer wartete noch Volker Breitscheid auf Silvia, nach der Schule am Eingang, er brachte sie nach Hause. Nachmittags sah Heide die beiden manchmal an einem Tisch vor dem Eiscafé sitzen. Silvia trank Erdbeermilchshake und spielte mit dem Strohhalm herum, leckte ihn ab, steckte ihn Volker in den Mund. Unter dem engen T-Shirt zeichneten sich ihre Brustwarzen ab, man sah deutlich, dass sie keinen BH trug. Volker konnte seine Augen nicht abwenden. Einmal hatte Heide die beiden im Stadtpark gesehen. Das war im Herbst gewesen, als Irene schon fort war, mit Reisetasche und Sparbuch und einem Studenten der Psychologie, den sie auf dem Schützenfest kennen gelernt hatte. Bei Nacht und Nebel war sie verschwunden, ohne Abschied. Drei Tage später traf eine Postkarte aus Köln ein: *Liebe Eltern, liebe Heide, ich bin sehr glücklich. Sucht nicht nach mir, lasst mich mein Leben leben. Ich werde sowieso im Januar achtzehn. Schreibe später mehr. Eure Irene.*

Es dämmerte, und Heide, die eine Freundin besucht hatte, hätte die beiden Gestalten auf der Bank beinahe übersehen. Aber dann bewegten sie sich und Heide erkannte die blonden Köpfe. Sie küssten sich. Volker hatte seine Hand unter Silvias Ringelpulli geschoben. Heide wandte schnell den Blick ab und huschte vorbei, sicher, dass keiner der beiden sie bemerkte. Sie wünschte sich, Volker möge mit ihr auf dieser Bank sitzen, nicht mit Silvia. Aber wer würde schon Heide küssen, wenn er Silvia haben konnte?

Irene mochte also in irgendeiner Metropole Salatblätter knabbern und Karriere machen; Heide würde sich später einmal ein

Häuschen im Kirchmündener Friedhofsviertel kaufen – für sie der schönste Ort auf Erden. Berlin, München und Amerika konnten ihr gestohlen bleiben; schlimm genug, dass sie zum Studieren ins sechzig Kilometer entfernte Frankfurt ziehen mußte. Sie war ein paar Mal mit ihren Eltern und Irene da gewesen, selbst der Zoo und das Senckenbergmuseum hatten sie nicht mit den öden Häuserschluchten und dem Verkehrschaos versöhnt. Wo sie daheim war, standen die Häuser in großen Gärten, sie waren klein und spitzgieblig, die Fassaden oft überwuchert von Efeu oder wildem Wein. Alte Bäume säumten die Straßen, alles war grün und friedlich, und in fünf Minuten war man am Aubach. Hinter der kleinen Holzbrücke begann der Wald. Im Herbst turnten Eichhörnchen im Haselnussstrauch im Garten, im Winter kamen Rehe bis dicht an die Häuser. Im Frühjahr klebten Mehlschwalben ihre Nester unter die Dachrinnen. Die Luft schwirrte von ihren sirrenden Rufen, wenn sie tollkühne Flugmanöver vollführten, um Insekten für ihre Jungen zu ergattern. Nachts tanzten die Fledermäuse, die im Dachstuhl der Friedhofskapelle hausten, um die Straßenlaternen.

Heide zog mit dem Handwagen los, über den breiten, kiesbestreuten Weg hinüber zum neueren Teil des Friedhofs. Hier waren die Bäume kleiner, und es gab noch viel Platz.

Vor einem kleinen Urnengrab, bepflanzt mit einer rosa Polyantharose, Schleierkraut und Lavendel, machte sie Halt. Die Pflanzen sahen dürftig aus.

»Irene Bertram« stand auf dem Grabstein aus weißem Marmor. »1. 1. 1955 – 25. 8. 1992«.

Kein frommer Spruch für Irene, kein »Ruhe in Frieden«. Sie hatte gekämpft bis zur letzten Minute, und Heide hatte ihre Hand gehalten.

Heide riss das verblühte Schleierkraut heraus. Sie hatte Tannenzweige mitgebracht, die sie jetzt ausbreitete. Irenes Grab hielt immer zuerst Winterschlaf, was eine Erleichterung war, sie brauchte sich ein paar Monate lang keine Gedanken mehr zu machen, warum ausgerechnet hier alle gärtnerischen Anstrengungen vergeblich waren. Es war sehr warm für Anfang September. Altweibersommer, dachte Heide und wischte sich die harzigen Finger an den Hosenbeinen ab.

Irene war zum Sterben zurückgekommen damals, obwohl sie es bis zum Schluss nicht zugab. Heide sah sie vor sich, als es ihr noch verhältnismäßig gut gegangen war: Sie lag auf dem Sofa, eine dunkle Langhaarperücke auf dem von der Chemotherapie kahlen Kopf. Die vierzig Kilo, die sie noch auf die Waage brachte, verschwanden fast in Heides Jogginganzug. Ihre Augen, riesig und dunkel in dem spitzen, gelblichen Gesicht, ließen Heide nicht los. Sie erzählte. Vom Regenbogenmann und dem Wohnmobil namens Emma, mit dem sie über die Märkte getingelt waren und Schmuck und Klamotten aus Indien und Thailand verkauft hatten. Der Regenbogenmann war es auch gewesen, der Irene bei Heide abgeliefert hatte. Ein großer, kräftiger Typ Mitte dreißig, braungebrannt, mit schulterlangen dunklen Haaren, die er mit einer Lederschnur im Nacken zusammenband. Er trug ein verknittertes Seidenhemd, das in allen Farben des Regenbogens schillerte, und enge rote Cordhosen.

»Ich bin der Mischa«, stellte er sich vor, aber Heide taufte ihn in Gedanken sofort um. Regenbogenmann. Er leuchtete so beängstigend gesund neben der zerbrechlichen Gestalt an seinem Arm. Heide hatte die Schwester zuerst nicht erkannt. Es gab einen Augenblick an der Haustür, in dem Heide misstrauisch den Regenbogenmann beäugte, dann mit Entsetzen und plötzlichem Erkennen das fahle Gesichtchen daneben. Ihr Blick wanderte über die nackten, mageren Arme und Beine, den vorstehenden Bauch in dem Sommerkleidchen. Schwanger? fuhr es ihr durch den Kopf, und gleich darauf: nie. Dann fiel ihr Irene um den Hals und alles an ihr, wie sie sich anfühlte in ihren Armen, ihr Geruch, ihre Tränen, die sie auf der Wange spürte, verrieten ihr, dass die Schwester den Herbst nicht mehr erleben würde.

Kann ich ein paar Wochen bei dir Urlaub machen? hatte Irene geschrieben. Sie hatten sich seit Jahren nicht gesehen, nur ab und zu geschrieben und miteinander telefoniert. *Es geht mir nicht so gut, ich war krank und muss mich erholen. Die Leute in der WG (besonders Mischa, mit dem ich zusammen bin) haben sich toll um mich gekümmert. Aber Mischa fliegt demnächst für ein paar Wochen nach Thailand, und da dachte ich, wär doch schön, wenn wir uns mal wieder sehen, du und ich. Ist ja schon lange her, seit ich das letzte Mal in Kirchmünden war, und du bist aus dem Kaff ja nicht wegzukriegen.*

Heide rief sofort in Hamburg an, als sie den Brief gelesen hatte. Irenes Stimme klang fremd und weit entfernt am Telefon, als sie berichtete, dass sie eine Operation hinter sich habe, Eierstöcke, und anschließend Infusionen, nichts Schlimmes, aber sie fühle sich ziemlich schlaff und habe manchmal Schmerzen.

»Warum hast du mir denn nichts gesagt? Ich wäre doch gekommen, wenn ich gewusst hätte, dass du krank bist!«

»War alles halb so wild«, gab Irene zurück.

»Du … ich freu mich so, dass du kommst!«, sagte Heide. »Ich richte dein altes Zimmer her … wir können im Garten sitzen und Tee trinken, aus frischer Minze. Dann bist du im Nu wieder fit!«

Irene lachte, es war ein zittriges kleines Lachen.

»Ja …«

»Wann?«

»Ich weiß noch nicht genau, kommt drauf an, wann Mischa einen Flug von Frankfurt aus kriegt. Soll ich noch mal anrufen?«

»Ach wo. Ich bin fast immer zu Hause. Und wenn nicht, setzt du dich einfach in den Garten und wartest auf mich.«

»Ach, dein Garten«, sagte Irene. Heide wunderte sich, wie sehnsüchtig es klang.

Schritte knirschten über den Kies. Eine große, schlanke Frau in einem eleganten weißen Leinenkostüm und Pumps mit hohen Absätzen kam langsam näher. In einer Hand hielt sie einen Strauß weißer Lilien. Etwas an ihrer Körperhaltung und ihrem Gang war Heide vertraut. Die Frau schaute rechts und links auf die Grabsteine, sie suchte etwas. Die Sonne glänzte auf ihren langen blonden Haaren, sie strich sie mit einer anmutigen Handbewegung hinter die Ohren, und da wusste Heide, wer sie war. Silvia Brandt.

Jetzt hatte Silvia sie erspäht. »Entschuldigen Sie«, rief sie. »Ich suche ein Grab ... kennen Sie sich hier aus?«

Zielstrebig ging sie auf Heide zu. Würde sie gleich rufen: »Mensch, das gibt's doch nicht! Heide! So ein Zufall, dich hier zu treffen!« Aber sie fragte nur: »Sie kennen sich doch bestimmt hier aus, oder?«

Heide spürte, wie ihr die Röte ins Gesicht schoss. »Hallo, Silvia.«

Silvia kniff die Augen zusammen und musterte Heide von oben bis unten. »Kennen wir uns?«

»Ich bin Heide. Heide Bertram. Wir sind in eine Klasse gegangen.«

Die Augen, blasser als Heide sie in Erinnerung hatte, wurden groß und rund. »Heide. Du meine Güte.«

»Ich hab dich gleich erkannt«, sagte Heide. »Du hast dich kaum verändert.«

Silvia lächelte und strich das Haar zurück. »Danke. Man tut, was man kann.«

Den Nachsatz hörte Heide deutlich, obwohl Silvia ihn nicht aussprach: Was man von dir nicht behaupten kann. Heide, die selten in den Spiegel sah, betrachtete sich mit Silvias Augen: Graue Haare wie ein Esel. Kein Make-up! Krähenfüße um die Augen. Abgewetzte, schmutzige Jeans. Einfaches weißes T-Shirt und eine blaue Weste, die mit den vielen Taschen sehr praktisch, aber sicher nicht kleidsam war.

Verlegen sagte Heide: »Ich hab mich um die Gräber gekümmert. Meine Eltern und meine Schwester.«

Verstohlen wischte sie noch mal mit den Händen über die Hosenbeine. Das Harz klebte hartnäckig. Was, wenn Silvia ihr zum Abschied die Hand schütteln wollte?

»Ach ja«, sagte Silvia unbehaglich. »Deine Eltern. Das mit dem Unfall stand ja damals groß in der Zeitung. Meine Mutter hat's mir am Telefon erzählt, da war ich gerade auf Hochzeitsreise ...« Sie räusperte sich. »Dass deine Schwester gestorben ist, wusste ich nicht. Ich war so lange nicht mehr in Kirchmünden. Nicht mehr seit ... du weißt schon.«

Heide nickte, sie wusste, worauf Silvia anspielte. Acht Jahre war es her, seit der Skandal Kirchmünden erschüttert hatte: Bankrott der Glockengießerei Brandt. Betrügerischer Bankrott. Herr Brandt, Silvias Vater, hatte erst seine Frau, dann sich selbst mit seinem Jagdgewehr erschossen. Er hinterließ keinen Abschiedsbrief.

Silvia las halblaut die Inschrift auf Irenes Grabstein. Dann fragte sie: »Woran ist sie gestorben? Irene?«

»An Krebs. Eierstockkrebs.«

»Schrecklich«, meinte Silvia mitfühlend. »So jung noch! Sag ... weißt du vielleicht, wo mein Großvater liegt? Er ist letztes Jahr gestorben.«

Heide, die in der Zeitung immer zuerst die Todesanzeigen las, erinnerte sich. Eine große Anzeige war das gewesen: *Im gesegneten Alter von fünfundachtzig Jahren, trotzdem plötzlich und unerwartet, unser herzensguter Mann und liebevoller Großvater …* »Mein Beileid«, sagte sie.

»Danke«, erwiderte Silvia ernst. »Ich konnte leider nicht zur Beerdigung kommen. Ich hatte eine schwere Grippe.«

»Ich zeig dir das Grab«, sagte Heide.

Es war ein großes Doppelgrab, das mit einer weißen Marmorplatte abgedeckt war. Darauf stand eine Schale mit Efeu und gelben Chrysanthemen.

»Die Gärtnerei Enners kümmert sich um die Grabpflege«, erklärte Silvia, nachdem sie den Blumenstrauß neben die Schale gelegt hatte. »Meine Großmutter ist …«, sie suchte nach dem richtigen Wort, »gebrechlich. Sie geht kaum noch aus dem Haus.«

Fast hätte Heide wieder »mein Beileid« gemurmelt, sie konnte es gerade noch in ein »Das tut mir Leid« umwandeln. Schließlich war die alte Dame noch am Leben. Silvia hatte nicht zugehört, sie studierte die Inschrift auf dem Grabstein. Ein merkwürdiger Spruch für die Ewigkeit, dachte Heide, aber sie hatte schon merkwürdigere gesehen.

»Bist du länger zu Besuch in Kirchmünden?«, erkundigte sie sich.

»Ich wohne bei meiner Großmutter. Ich kümmere mich um sie, weißt du«, gab Silvia zurück. »Sie hat ja sonst niemanden.«

Heide staunte. Davon hatte Beate nichts erzählt … aber dann fiel ihr ein, dass Beate ja in Urlaub gewesen war.

Beate war die Einzige aus der Klasse, mit der Silvia losen Kontakt gehalten hatte. Das wusste Heide, weil Beate von gesprächiger Natur war und regelmäßig freitags an ihrem Stand auf dem

Wochenmarkt einkaufte. Außerdem kam sie oft in Heides Sprechstunde. Über die Jahre hatte Heide einiges erfahren, nicht nur über die körperlichen und seelischen Leiden, mit denen Beates Familie sowie der Yorkshireterrier Susi behaftet waren, sondern auch über Silvia. Silvia war in dritter Ehe mit dem Inhaber einer Frankfurter Werbeagentur verheiratet. Was sagte der dazu, dass seine Frau sich entschlossen hatte, zurück nach Kirchmünden zu gehen, um sich um ihre alte Großmutter zu kümmern? Oder war Silvia schon wieder geschieden? Kinder hatte sie keine. Und berufstätig war sie auch nicht.

»Ich habe mich ganz kurzfristig entschlossen«, fuhr Silvia fort. »Ich bin jetzt … warte …« Sie warf einen Blick auf ihre goldene Armbanduhr, »ja, genau. Seit drei Tagen, fünf Stunden und zweiundzwanzig Minuten wohne ich wieder in Kirchmünden.«

Und dann brach Silvia, die schöne, selbstsichere Silvia, zu Heides Entsetzen in Tränen aus.

2

Silvia

Da stand ich auf dem Friedhof vor dem Grab meines Großvaters und heulte Rotz und Wasser. Heide nahm mich wortlos in den Arm. Da sie ein ganzes Stück kleiner ist als ich, musste ich mich vornüberbeugen, um den Kopf an ihre Schulter zu legen. Sie roch nach Tannenharz und Erde. Einem Teil von mir war es peinlich, an ihrer Schulter zu schluchzen wie ein kleines Kind. Der andere, weitaus größere Teil genoss es. Wann hatte mich das letzte Mal jemand liebevoll in den Arm genommen? Das schien eine Ewigkeit her zu sein. Ich hatte rasende Kopfschmerzen. »Armes Schätzchen«, flüsterte Heiner damals in mein Haar und wiegte mich sachte hin und her. Dass er fünf Minuten später meine Seidenbluse aufknöpfte und mir den Rock hochschob, ist eine andere Sache. Damals konnten wir die Finger nicht voneinander lassen. Es war eine wunderbare Zeit. Heiners Agentur schien wie von selbst zu laufen, er verbrachte wenig Zeit dort. Lieber genossen wir das Leben: Er fuhr einen schweren BMW, ich einen Porsche Boxster. Beide zogen wir uns gern gut und teuer an. Wir reisten viel, gingen fast jeden Abend aus, ins Theater, ins Kino, zum Essen, anschließend in ein Bistro oder eine Bar, wo wir uns mit Freunden trafen. Unsere Eigentumswohnung im Frankfurter Westend – ein Traum. Viel Weiß, Designermöbel, erlesene Teppiche und Bilder.

Alles weg. Wie konnte das passieren, quasi über Nacht? Wie kann es sein, dass die Agentur Konkurs geht, dass man auf einmal in Schulden ertrinkt, die Gläubiger einem die Möbel unter dem Hintern wegpfänden, wenn man gestern noch einen Urlaub auf den Seychellen gebucht hat, drei Wochen all-inclusive, mit Tauchkurs?

Heiner sprach nie mit mir über Geschäftliches. Er kümmerte sich um alles, genau wie mein Vater früher und wie Max, mein zweiter Mann. Dass sich nach Mäxchens Tod herausstellte, dass für seine Witwe nicht annähernd so gut gesorgt war wie für seine Nachkommen aus erster Ehe, steht auf einem anderen Blatt. Ich hätte mir den Ehevertrag durchlesen sollen, bevor ich ihn unterschrieb. Was Heiner betrifft, so kam ich nie auf die Idee, wir könnten über unsere Verhältnisse leben. So bin ich aufgewachsen: Geld hat man einfach. Selbst als die Katastrophe über meine Eltern hereinbrach (zu der Zeit lebte Max noch), war ich immer noch der festen Überzeugung, mir könne so etwas nicht passieren. Schließlich hatte ich Instinkt bewiesen, indem ich aus meiner ersten Ehe rechtzeitig ausgestiegen war.

Armin war keineswegs der erfolgreiche Unternehmer, als der er sich in den Staaten ausgegeben hatte. Er besaß nicht etwa ein florierendes Lederwarendepot in Hamburg, wie er mir erzählt hatte, sondern ein vor sich hin dümpelndes Schuhgeschäft in Bad Segeberg, wohin wir nach der Landung am Hamburger Flughafen unverzüglich per Bus (!) aufbrachen. Armin erklärte, er habe sein Depot vorübergehend in einer strukturell optimierungsfähigen Lage etabliert, und erwartete allen Ernstes, dass seine Gattin ihm Personalkosten ersparen würde, indem sie älteren Damen Gesundheitsschuhe verkaufte. Natürlich drückte er das nicht so direkt aus. Er bezeichnete meine zukünftige Mitarbeit als kaufmännische Herausforderung für eine engagierte Seiteneinsteigerin. Nur-Hausfrau sein und später eventuell einmal Mutter, das genüge jungen Frauen doch heutzutage nicht mehr!

Ich schwieg und tätigte, sowie ich die »Betriebsführung« überstanden hatte, ein Telefonat mit meinem Vater. Armin war derweil in der Küche mit der Zubereitung des Abendessens beschäftigt, es sollte Spaghetti mit Fertig-Tomatensoße geben, da nach dem Urlaub nichts anderes im Haus war. Immerhin gab's Rotwein, der nach dem dritten Glas nicht mehr ganz so billig schmeckte. Im Anschluss an dieses kulinarische Highlight war ich gezwungen, in der schäbigen Dreizimmerwohnung über dem Geschäft zu übernachten. Da ich mich niemals auf fruchtlose Diskussionen einlasse, wenn es zu vermeiden ist, zeterte ich nicht über arglistige Täuschung und teilte ihm auch nicht mit, dass ich eher für den Rest meines Lebens barfuß herumlaufen würde, als künftig näher als einhundert Kilometer an seinen grauslichen Laden heranzukommen. Ich schützte Jetlag und rasende Kopfschmerzen vor und scheuchte Armin aus dem Schlafzimmer, damit er auf der Couch nächtigte. Er griff sich Kopfkissen und Decke, nicht ohne schuldbewußt zu bemerken, dass Bad Segeberg nach Las Vegas und Hawaii, wo wir zwei wunderschöne Flitterwochen verbracht hatten, vielleicht doch ein kleiner Kulturschock sei ... aber morgen sähe die Welt schon anders aus!

Er stand in der Tür, sein Bettzeug umklammert, und schenkte mir das strahlende Lächeln, auf das ich unter anderem reingefallen war. Auch die Aufmerksamkeit, mit der er mir zuhörte, wenn ich von zu Hause erzählte, hatte es mir angetan gehabt. Außerdem gefiel mir die Tatsache, dass er ein Mann mit Lebenserfahrung war. Er war großzügig (nur First Class in Vegas und Hawaii) und besaß einen umwerfenden Charme, mit dem er wahrscheinlich sogar die Alligatoren in den Sümpfen hätte becircen können, wenn ihm der Sinn danach gestanden hätte. Leider konzentrierte er sich auf mich. Ich war damals Haustochter in einer Industriellen-Familie mit drei Kindern in Florida und dürstete geradezu nach männlicher Aufmerksamkeit. Armin war um drei Ecken mit Tony, dem Industriellen, verwandt. Wir lernten uns bei einem Barbecue kennen, das Tonys Frau Sue anläßlich des Geburtstags ihres Gatten veranstaltete. Armin war auf seiner alljährlichen USA-Tour, bei der er stets ein paar Wochen bei Tony und Sue verbrachte, die die Gastfreundschaft in Person sind. Alles was das Schuhgeschäft abwarf, erfuhr ich, als es zu spät war, steckte er in diese Reisen und in seine Garderobe. Er kam auf die Party, just in dem Moment, als ich ein Tablett mit Drinks am Pool herumreichte. Er nahm einen Martini mit zwei Oliven, sah mir tief in die Augen und sagte: »You are se most beautiful göl in se wöld.«

Ich fühlte, wie ich rot wurde. »Oh«, konnte ich nur stottern, »Sie sind auch aus Deutschland!«

Wir hatten uns auf den ersten Blick ineinander verliebt und heirateten nach hektischer Beschaffung der nötigen Papiere so schnell es ging in Las Vegas. Die telefonischen Mahnungen meines Vaters, erst mal abzuwarten, eh man sich fürs Leben binde, ignorierte ich. Das Flehen meiner Mutter, wenigstens zu warten, bis ich wieder in Deutschland sei, damit man mir eine standesgemäße Hochzeit in Kirchmünden ausrichten könne, ignorierte ich ebenfalls. Das konnte man später immer noch über die Bühne bringen. Ich war dreiundzwanzig Jahre alt und zum ersten Mal richtig verliebt. Ich hatte die Nase voll von kleinen Kindern, auch wenn sie noch so gut erzogen waren. In die überfüllten Hörsäle des Instituts für Angewandte Sprachwissenschaften der Universität Heidelberg, wo ich nach meinem Auslandsaufenthalt auf mein Examen als Diplom-Dolmetscherin hinarbeiten sollte, zog mich auch nichts mehr. Ich wollte zu Armin nach Hamburg, in den Hafen der Ehe. Und jetzt das! Ich bat Armin, die Tür bitte möglichst leise hinter sich zu schließen, weil mein Kopf fast zerspringe, rollte mich in dem durchgelegenen Bett zusammen und weinte mich in den Schlaf, weil ich nicht mehr verliebt war. Kein bisschen.

Am nächsten Morgen, von Sorge um mich geplagt und hoffentlich auch vom schlechten Gewissen, weil er ein behütet aufgewachsenes Mädchen unter Vorspiegelung falscher Tatsachen gekapert und in ein Arbeitslager nach Holstein-Sibirien verschleppt hatte, servierte Armin mir ein Frühstück mit allen Schikanen. Wir setzten uns in die Wohnküche mit der unvergeßlichen Eckbank aus Kiefernholz mit orange-blau gestreifter Sitzgarnitur. Ich hatte noch nie zuvor eine Eckbank gesehen, außer in den Zeitungsbeilagen billiger Möbelhäuser. Ich wusste gar nicht, dass es Leute gibt, die sich so was tatsächlich kaufen!

»Häschen«, sagte Armin mit gewinnendem Lächeln, während er Kaffee eingoss, mein Frühstücksei köpfte und mir ein Butterbrötchen strich, »es ist doch nur für ein paar Jahre! Im schlechtesten Fall! Dann haben wir genug zusammen für eine Filiale in Hamburg! Oder« – er lächelte noch gewinnender – »wir sprechen mal mit deinem Vater. Mit einem solventen Investor ist doch alles kein Problem! Dann wohnen wir nächsten Monat schon in Blankenese!«

Ich murmelte etwas von abwarten, nippte an meinem Kaffee, aß mein Ei und das Butterbrötchen. Mit einem Ohr lauschte ich Armins tollkühnen Geschäftsplänen, mit dem anderen der Dinge, die ich in die Wege geleitet hatte. Ich war gerade bei der dritten Tasse Kaffee angelangt, als es energisch an der Wohnungstür klingelte. Mein Vater. Er musste die halbe Nacht durchgefahren sein. Was für eine Erleichterung, sich in die weichen Lederpolster seines Wagens fallen zu lassen, sämtliche Koffer wohlverstaut im Kofferraum. Was mir von Armin am lebhaftesten in Erinnerung ist, ist sein fassungsloses Gesicht, als er auf der Straße vor dem Schuhladen stand und dem davonschnurrenden Mercedes hinterhersah.

Großmutter mochte Heiner nicht. Bei unserer Hochzeit vor vier Jahren, die wir im »Frankfurter Hof« feierten, weil ich den Gedanken an eine Trauung in Kichmünden ohne meine Eltern nicht ertragen konnte, zischte sie mir ins Ohr: »Auch Prunk und Pomp machen aus einem Esel keinen Vollblüter!«

Sie bezog sich dabei auf Heiners Elternhaus, das bescheiden ist. Sein Vater war Büroangestellter und schon lange tot. Seine Mutter bezog nur eine kleine Rente, was man ihr ansah. Ihr »gutes« dunkelblaues Kostüm, das sie uns zu Ehren aus dem Schrank gekramt hatte, war völlig aus der Mode, der Stoff billig. Heiners Bruder war Verkäufer in einem Autohaus und das genaue Gegenteil von Heiner: Ein Bulle von einem Kerl – groß, dick, rotgesichtig. Er schwitzte leicht, wie alle Dicken, und alles was er trug, saß zu knapp und lieferte den besten Beweis dafür, dass er unter chronischer Farbenblindheit litt. An unserem Ehrentag hatte er sich in einen glänzenden blauen Anzug geworfen und kombinierte dazu ein blassgelbes gerüschtes Smokinghemd und eine gelbgrün gemusterte Fliege. Als er ein paar Bier intus hatte, versuchte er, meine Großeltern von den Vorzügen eines Opel Astra zu überzeugen. Als mein Großvater ihm darauf kühl erklärte, dass er seit über zwanzig Jahren dieselbe Limousine von Jaguar fahre und keineswegs beabsichtige, sie zu veräußern, dröhnte Karsten: »Ach, was wollt ihr alten Leutchen euch mit so einem Schlitten belasten! Kommt mal zu Opel-Heßler, fragt nach dem Karsten – das bin ich –, ich verkauf euch ein schönes kleines Auto und mach euch einen guten Preis für die alte Schippel!«

Meine Großeltern ließen Karsten einfach stehen, was das Beste ist, was man mit solchen Leuten machen kann. Meine Großeltern waren ein elegantes Paar. Ihre Garderobe war maßgeschneidert, aus den besten Stoffen, damit sie die Jahrhunderte ohne Verschleiß überdauern würde. Ihr Schuhwerk wurde von Hand gefertigt, aus dem Feinsten, was die Lederindustrie zu bieten hatte. Noch mit zweiundachtzig Jahren hielt sich mein Großvater kerzengerade. Er war klein, sehr hager und wirkte in seinem Smoking, als sei er darin zur Welt gekommen. Der kahle Schädel, das scharfgeschnittene Gesicht mit der gebogenen Nase, die kalten hellen Augen, der verkniffene Mund, der schlaffe Hals – seine Ähnlichkeit mit einem in die Jahre gekommenen Geier war frappierend. Ich kann mich nicht erinnern, Großvater je lächeln, geschweige denn lachen gesehen zu haben.

Großmutter war damals noch wesentlich besser zu Fuß als heute. Sie ist klein und wirkt zart und zerbrechlich, was täuscht. In Wirklichkeit ist sie eine zähe Person, der all ihre zahlreichen Leiden – allen voran eine Herzschwäche – nichts anhaben können. Als ich ihren langjährigen Hausarzt, der regelmäßig zur Visite erschien, gestern zur Haustür brachte, drückte er mir herzlich die Hand zum Abschied und sagte: »Für Ihre Großmutter ist es ein Geschenk Gottes, dass Sie sich jetzt um sie kümmern. Der Tod Ihres Großvaters hat sie doch sehr mitgenommen. Die Frau Nägele ist ja tüchtig und alles – aber eine Haushälterin kann Familie nicht ersetzen. So frisch und munter wie heute habe ich die alte Dame lange nicht mehr erlebt. Wenn sie sich weiter so wacker hält, kann sie hundert werden!« Er zwinkerte mir freundschaftlich zu und eilte zur Tür hinaus in den warmen Septembersonnenschein. Ich durchquerte schleppenden Schrittes den dunklen, mit Perserteppichen ausgelegten Flur, um mit Großmutter im Salon Tee zu trinken.

Das Haus meiner Großeltern war eine riesige, zugige Jugendstilvilla, die meine Eltern und ich nur an Ostern, Weihnachten und Geburtstagen aufsuchten. Inklusive Gegeneinladungen unsererseits sah man sich exakt sieben Mal im Jahr. Häufigere Familientreffen kamen nicht in Frage, da mein Großvater fleißig an seinen Memoiren schrieb. Er fing damit an, als mein Vater die Glockengießerei übernahm, und hat sie, soweit ich weiß, bis zu seinem Tod nicht vollendet. Einzige Aufgabe meiner Großmutter wiederum war es, Frau Nägele in Haus und Garten herumzudirigieren. Und was meine Eltern und mich betraf, so waren unsere Terminkalender stets randvoll. Mein Vater war den ganzen Tag in der Firma, und meine Mutter, wenn sie mich nicht gerade zum Geigenunterricht, Reiten, Jazzdance, dem Privatlehrer oder sonstwohin fuhr, war beim Friseur, der Kosmetikerin, zum Nachmittagskaffee eingeladen oder zum Shopping in Frankfurt. Ich kann mich nicht erinnern, je einmal einen faulen Nachmittag verbracht zu haben, mit einem Dutzend Schokoriegel und einem Liebesroman auf dem Bett.

Die Familieneinladungen waren hochoffizielle Anlässe. Elegant gekleidet tranken wir Tee (niemals Kaffee), speisten zusammen zu Abend, übten uns in der Kunst der Konversation. Erwünschte Themen waren: Das Wetter. Die Gesundheit. Meine Erfolge in der Schule, im Sport. Meine musikalischen Fortschritte. Meine Freundinnen und ihre Eltern, die Namen waren allen ein Begriff. Die Tochter vom Notar Sowieso, die Tochter von Dr. med. Sowieso etcetera. Manchmal sagte ich Gedichte auf und spielte Geige. Kurz vor dem Aufbruch zog sich mein Großvater stets kurz mit Vater zurück, um sich über den Erfolg der Firma Bericht erstatten zu lassen. Wenn die beiden wieder auftauchten, lächelte mein Vater stets sein gewinnendstes Lächeln. Das Gesicht meines Großvaters war vollkommen ausdruckslos.

Meine Großeltern bezeichneten sich als sparsam und waren stolz darauf. Doch wenn etwas angeschafft wurde, seien es nun

Möbel, Kleidung, Gebrauchs- oder Kunstgegenstände, kam nur das Beste in Frage. »Qualität zahlt sich aus«, pflegte mein Großvater zu sagen. Zu Geburtstagen und an Weihnachten erhielten meine Eltern und ich je fünfzig Mark. Nie mehr, nie weniger. Mein Vater war völlig aus der Art geschlagen. Als ich Mäxchen heiratete, spendierte Vater uns eine Hochzeitsreise in die Karibik. Die Hochzeit bezahlte er natürlich auch. Von meinen Großeltern bekam ich sechs silberne Mokkalöffel, die Großmutter einmal von einer Tante geerbt hatte. Als Großmutter nach Erhalt ihrer Einladung zu Heiners und meiner Hochzeit anrief, um sich zu erkundigen, womit sie uns eine Freude machen könne, sagte ich, wohl wissend, dass sie sich ungern von Barem trennte: »Vielleicht das kleine Cloisonné-Väschen auf der Anrichte im Speisezimmer? Aber nur, wenn du es nicht mehr brauchst.«

Wir bekamen etwas von ihrem zweitbesten Meißener Porzellan. Zwei Kaffeegedecke. »Wenn ich einmal tot bin, bekommst du den Rest«, versprach Großmutter. Auf was ich mich wirklich eingelassen hatte, als ich mich zu ihr flüchtete, wurde mir erst am Grab meines Großvaters klar. Auf der weißen Marmorplatte stand unter *Hier ruhen in Frieden* die Namen meiner Großeltern eingraviert, bei meinem Großvater Geburts- und Todesdatum; bei meiner Großmutter nur das Geburtsdatum, natürlich, sie lebte ja noch. Darunter prangte in großen, goldenen Lettern:

MAGNUM VECTIGAL EST PARSIMONIA.
CICERO

Und darunter die Übersetzung: SPAREN IST EINE GROSSE EINNAHME.

Da wußte ich, wieso Großmutter mich gebeten hatte, einen Blumenstrauß an Großvaters Grab zu bringen.

Da Karstens Zweizimmer-Apartment zu klein war, schlüpfte Heiner nach dem ganzen Fiasko bei seiner Mutter in Bockenheim unter. Ich sollte mit.

»Nur für ein, zwei Wochen«, sagte Heiner, zwei Tage bevor wir unsere Wohnung räumen mussten. Wir hockten auf dem Bett, einem der wenigen Möbelstücke, die uns geblieben waren, und tranken Whisky. »So ein Top-Mann wie ich kriegt doch im Nullkommanix einen Job als CD! Morgen hab ich einen Termin bei Krause von Ogilvy & Mather. Ein guter Kumpel, der Krause. Was haben wir früher zusammen gesoffen.«

Wie zur Bekräftigung kippte er seinen Whisky in einem Zug hinunter und schenkte großzügig nach.

Ich trank einen kleinen Schluck und betrachtete Heiner über den Rand meines Glases hinweg. Was hatte mir an ihm gefallen? Nach Mäxchen, der fünfundzwanzig Jahre älter gewesen war als ich, vor allem seine jungenhafte Unbekümmertheit, sein Lachen, seine unbegrenzte Lust am Leben. Sein fester Körper, sein hübsches Gesicht, die feinen weichen Haare, die ihm immer in die Stirn fielen. Zum ersten Mal fiel mir auf, dass er Tränensäcke unter den Augen hatte. Sein Gesicht wirkte aufgedunsen. Die Wahrheit war: Er trank zuviel, und man sah es ihm an. Plötzlich bezweifelte ich, dass Krause oder irgendein anderer ihm einen Job anbieten würde, eine Hoffnung, an die ich mich geklammert hatte, seit die Katastrophe über uns hereingebrochen war. Aber ich sagte nichts. Ich war damit beschäftigt, eigene Pläne zu schmieden.

Ich hatte auch nicht viel gesagt, als Heiner mir gestanden hatte, dass er am nächsten Tag gezwungen sei, Konkursantrag zu stellen. Vorsorglich wies er mich darauf hin, dass wir alles verlieren würden – Autos, Möbel, Wohnung etcetera, weil die Bank Privatkredite in astronomischer Höhe zurückfordere. Ich war wie erschlagen und musste an meinen Vater denken, der den endgültigen Ruin nicht mehr hatte miterleben wollen. Er pustete die Schädeldecke meiner Mutter mit seinem Jagdgewehr in alle vier Himmelsrichtungen. Anschließend steckte er sich den Gewehrlauf in den mit Wasser gefüllten Mund und drückte ab. Einen Abschiedsbrief hinterließ er nicht. Wozu auch? Seine Fehlspekulationen in Millionenhöhe waren kein Geheimnis mehr. Noch Wochen später wurde sein Missgeschick in der Presse breitgetreten.

»Es ist besser so«, sagte Großvater, als ich nach der Beerdigung weinend mit Mäxchen im Salon saß. Wie üblich verzog er keine Miene, die kalten Augen waren klar. Keine einzige Träne hatte er um seinen einzigen Sohn, geschweige denn um seine Schwiegertochter geweint. Meine Großmutter war vielleicht etwas blasser als sonst, aber sehr gefasst. Sie nickte nur. »Besser tot als im Gefängnis. Dein Vater hat das Richtige getan. Wenigstens am Ende.«

Das Schluchzen blieb mir in der Kehle stecken, erstickte all die bösen Worte, die ich meinen Großeltern ins Gesicht schleudern wollte. Ich stand auf und ging. Mäxchen kam hinterhergeeilt und legte den Arm um mich. An die Fahrt nach Hause kann ich mich nicht mehr erinnern. Auch die nächsten Wochen sind in einem Nebel verschwunden. Ich weiß nur, dass ich im Bett lag, in unserem Haus in Kronberg, und dass Bianca, unsere Haushälterin, sich um mich kümmerte. Und Mäxchen. Er brachte Pillen aus seiner Apotheke mit, blaue, gelbe, rotweiß gestreifte. Ich schluckte sie alle und fiel in einen erleichterten Dämmerschlaf. Irgendwann waren es weniger Pillen, die Mäxchen mir zu schlucken gab, dann nur noch eine, und dann gar keine mehr. Ich tauchte auf aus meinem Tablettennebel und sagte mir: »Es ist besser so. Besser tot als im Gefängnis. Besser tot als im Gefängnis.«

Tot war nicht wirklich tot. Ich stellte mir vor, dass meine Eltern ausgewandert waren, nach Jamaika oder in die Südsee. Sie besaßen eine Villa unter Palmen und eine kleine Segelyacht, mit der sie vor der Küste kreuzten. Sie waren glücklich.

Heiner schenkte sich erneut Whisky nach und entwarf in glühenden Farben ein Porträt unseres neuen Lebens. Der Erlös aus sämtlichen Wertgegenständen, die wir besaßen, reichte aus, um einen großen Teil der Schulden zu decken. Wenn er erst CD bei Ogilvy & Mather sei, sei der Rest auch kein Problem, er werde mit der Bank verhandeln. Bald ginge es uns wieder gut! Ich malte im Geiste mein eigenes Bild in Grau, Olivgrün und Schwarz. Gleichzeitig suchte ich nach einem Schlupfloch aus dieser Misere.

Am anderen Morgen, als Heiner seinen Termin mit Krause hatte, rief ich Großmutter an. Nach den üblichen höflichen Formalitäten sagte ich unumwunden: »Großmutter, ich habe mich von Heiner getrennt und muss mir eine neue Wohnung suchen. Könnte ich bitte einen Vorschuss auf mein Erbe haben?« Am anderen Ende der Leitung herrschte Schweigen. Mein Herz klopfte heftig, meine Handflächen wurden feucht. Wie demütigend es ist, ein Bittsteller zu sein. Aber mir blieb keine andere Wahl. Einen Job auf die Schnelle zu finden war unmöglich. Und bei meiner Schwiegermutter würde ich es nicht aushalten.

Als sie mich lange genug hatte zappeln lassen, sagte Großmutter kühl: »Silvia. Du bist meine Enkelin. Mein Haus steht dir immer offen, und du kannst bleiben, solange du möchtest. Aber einen Vorschuss aufs Erbe kann ich dir nicht geben. Ich weiß nicht, wie lange ich noch lebe, und alles ist so schrecklich teuer geworden. Was, wenn ich einmal eine Pflegerin benötigen sollte? Ich möchte meine Tage nicht in einem Dreibett-Zimmer im Altenheim beenden.«

Ich sagte ihr nicht, dass sie sich vermutlich ein eigenes Pflegeheim mit Rund-um-die-Uhr-VIP-Betreuung bis zu ihrem 500. Geburtstag leisten könnte (grob geschätzt), selbst wenn sie ihrer einzigen Enkelin zu Lebzeiten einen namhaften, also mindestens sechsstelligen Betrag zukommen lassen würde. Mit Großmutter diskutierte man nicht, schon gar nicht am Telefon. Ich sagte: »Vielen Dank, Großmutter. Das ist sehr großzügig von dir. Wenn es dir recht ist, komme ich heute noch. Mit dem Zug.«

Und so packte ich rasch meine Sachen und nahm ein Taxi zum Bahnhof. Ein bisschen Bargeld hatte ich noch. Bevor die Bank zuschlagen konnte, hatte ich mich mit Sonnenbrille und Kopftuch getarnt und meinen Schmuck im Pfandhaus versetzt. Ich fühlte mich wie in einem schlechten Krimi. Der Schmuck hatte nicht annähernd so viel gebracht, wie ich erwartet hatte. Zu viel Design, zu wenig gute Steine. Mir war zum Heulen zumute gewesen, als ich die Banknoten einsteckte.

Es kamen keine Tränen mehr. Ich fühlte mich so leer, als hätten die Tränen mein Innerstes nach außen gestülpt und alles weggewaschen. Heide löste sich sanft von mir und führte mich zu einer Bank in der Sonne. Wortlos reichte sie mir ein angebrochenes Päckchen Tempos. Ich schneuzte mich.

»So ist's gut«, sagte Heide wie zu einem kleinen Kind.

»Weißt du, was wir jetzt machen?«

Ich konnte nur den Kopf schütteln. Aber Heide würde es wissen. Heide Bertram, die ich zuletzt bei unserer Abiturfete gesehen hatte. Sie war immer so still und unauffällig gewesen. Als ich dasaß und in die Sonne blinzelte, fiel mir wieder ein, dass sie in der Schule eine Reihe vor mir gesessen hatte. Und dass sie mich bewundert und mir das gefallen hatte.

Heide sagte: »Wir gehen zu mir. Ich wohne gleich um die Ecke.

Ich koche uns einen schönen Johanniskrauttee. Und dazu essen wir Schokoladenkekse. Ja?«

Sie redete mit mir, als wäre ich fünf Jahre alt. Genau das, was ich jetzt brauchte.

»Gern«, sagte ich dankbar.

3

Silvia

Wir gingen zum Friedhofstor. Heide zog ihren Handwagen. Ich hatte meine Sonnenbrille aufgesetzt, um meine verheulten Augen zu verstecken, und stöckelte in meinen hochhackigen Schuhen vorsichtig neben ihr her. Nicht die optimale Fußbekleidung für eine Wanderung über Kies, zugegeben. Auf einmal herrschte Betrieb auf dem Friedhof, und ich erntete neugierige Blicke von allen Seiten. Allerdings ausschließlich von alten Leuten, die mit Gießkannen und Blumenschalen herumhantierten. Heide grüßte fleißig nach rechts und links, der Kirchhof schien ihre zweite Heimat zu sein.

Am Tor hielten wir kurz an, als sie das Grünzeug in ihrem Wagen auf einen Abfallhaufen warf. Eine alte Frau in einem geblümten Kittelkleid schlängelte sich heran. »Tag, Frau Bertram!«, krähte sie und verwickelte Heide in ein Gespräch über wurmstichige Äpfel, Apfelwickler und Leimringe. Darüber fiel der alten Dame ein, dass sie unter Blähungen und wundem Zahnfleisch litt. Beim Doktor sei sie gewesen, der habe bloß gemeint, das könne bei Gebissträgern schon mal vorkommen.

»Kommen Sie morgen doch in meine Sprechstunde, Frau Becker«, sagte Heide bewundernswert geduldig. Ich horchte auf. Sprechstunde? War Heide Ärztin oder Heilpraktikerin?

Wir gingen die baumbestandene Friedhofstraße entlang. Rechts und links winzige, spitzgieblige Siedlungshäuschen in großen Gärten. Beinahe ländlich war es hier. Eine andere Welt. Leute aus unseren Kreisen wohnten entweder auf dem Asche- oder dem Galgenberg; in alten Villen oder repräsentativen, mit Alarmanlagen gesicherten Landhäusern. Wir bogen links ab, dann rechts. Überall das gleiche Bild. Wenig Autos auf der Straße. Wenige Passanten, dafür umso mehr gebückte Rücken, die hinter Hecken oder Gartenzäunen in Beeten rackerten. Heide grüßte jeden, wechselte hie und da ein Wort. Ja, sie dünge auch am liebsten mit Kompost. Ja, die Rosen seien besonders schön gewesen diesen Sommer und blühten immer noch. Nein, sie halte gar nichts von Schneckenkorn, das schade den Igeln. Sie stelle Bierfallen auf (was immer das sein mochte). Ja, sie habe Augentrost da. Und Baldrian. Ja, morgen sei Sprechstunde, wie immer. Ich kam mir überflüssig vor, trotz ihrer neugierigen Blicke.

Heide lächelte mir zu. »Wir sind gleich da«, sagte sie. »Da vorne ist es.«

Ein kleines, spitzgiebliges Hexenhaus in einem großen Garten. Es verschmolz fast mit seiner Umgebung, da es zur Gänze mit wildem Wein überwuchert war. Der Garten war selbst für einen Laien wie mich beeindruckend. Die Blumenbeete sahen aus wie auf der Titelseite von *Mein schöner Garten*. Heide führte mich herum und murmelte: »Rosen, Dahlien, Astern. Roter Fingerhut, Blauer Eisenhut, Roter Sonnenhut, Levkojen, Mohn, Nelken, Reseda, Ringelblumen.« Ihre weiche Stimme, der Duft, die Farben, das Grün – alles war unendlich beruhigend. Was mich vor kurzem noch in Tränen hatte ausbrechen lassen, schien in weite Ferne gerückt. Bienen summten, Schmetterlinge flatterten umher. Auf einer kleinen Wiese standen Obstbäume. »Cox Orange, Goldparmäne, Boskoop. Köstliche von Charneu …«

»Köstliche von Charneu?«, murmelte ich wie hypnotisiert. »Hört sich romantisch an …«

»Eine Birnensorte«, gab Heide mit einem verträumten Lächeln zurück und deutete auf die Früchte an den Zweigen. Ich entdeckte – ohne Heides Hilfe – Himbeer- und Brombeersträucher. Einen kleinen Teich, umgeben von einem Mäuerchen aus Natursteinen, auf dem alles Mögliche wuchs. »Eine Kräuterspirale«, erläuterte Heide. »Arnika, Pfefferminze, Kamille, Lavendel, Rosmarin, Salbei, Thymian, Oregano.«

Ich sehnte mich danach, auf der Bank neben der Haustür in der Sonne zu sitzen und ein Glas Champagner zu trinken. Dann könnte ich den Blick über Heides Königreich schweifen lassen und mir vorstellen, es handele sich um den Garten eines englischen Herrensitzes.

Heides Gesicht glühte vor Stolz, als sie mir ihre Gemüsebeete hinter dem Haus vorführte: »Pflücksalat, Endivien, Feldsalat. Zwiebeln, Möhren, Porree, Stangensellerie, Tomaten, Blumenkohl, Rosenkohl, Chinakohl, Gurken und …« Sie sah mich von der Seite an. »Aber das interessiert dich nicht so, oder?«

»Ich esse gern Gemüse«, sagte ich diplomatisch. »Und Salat.«

Heide strahlte. »Ich geb dir nachher ein paar Tomaten mit, für deine Großmutter. Und ein bisschen Salat. Himbeermarmelade? Magst du die?«

Ich nickte. Wenn die Aussicht auf Champagner in der Sonne auch gleich Null war – wo blieb der versprochene Tee? Und die Schokoladenkekse?

Als hätte Heide meine Gedanken gelesen, ersparte sie mir die restliche Vegetation und verschwand im Haus, um Tee zu kochen. Ich ließ mich auf der Bank nieder.

Heide stellte ein Tablett auf den Gartentisch und setzte sich auf einen Stuhl mir gegenüber.

»Johanniskraut wirkt stimmungsaufhellend und ausgleichend«, erklärte sie mir ernsthaft, während sie eine gelbliche

Flüssigkeit in blau-weiße Steinguttassen goss. »Ich gebe dir nachher noch Pulver mit. Dreimal täglich ein Löffelchen. Nach zwei bis drei Wochen fühlst du dich wie neugeboren.«

»Das wäre schön …«, rutschte mir heraus.

»Du hast Kummer, stimmt's?«

Kummer. Was für ein unmodernes Wort. Heutzutage hat man keinen Kummer. Man leidet unter Stress oder hat Depressionen, wie meine alte Schulfreundin Beate. Sie ist die Einzige aus Kirchmünden, mit der ich über die Jahre Kontakt gehalten habe. Wir telefonieren zweimal im Jahr. Sie ruft mich zu meinem Geburtstag an, ich sie zu ihrem. Hatte sie nicht während einer ihrer Klageorgien (Kopfschmerzen, Schlafstörungen, Magenbeschwerden. Der Gatte unkommunikativ. Die pubertierenden Kinder schwierig. Hund dauernd bei der Tierärztin.) Heide erwähnt? Es fiel mir wieder ein, obwohl ich so konzentriert wie möglich weggehört hatte, da es kaum etwas gibt, was mich weniger interessiert als die ewig gleichen Problemchen anderer Leute. Bei näherer Überlegung: Der Name Heide war sogar mehrmals gefallen, im Zusammenhang mit irgendwelchem Kräuterzeugs.

Bei Beate hatte ich mich noch nicht gemeldet, seit ich wieder in Kirchmünden war. Wir hatten uns so lange nicht mehr gesehen, dass es auf ein paar Tage oder Wochen mehr oder weniger auch nicht ankam. Ob ich sie überhaupt noch erkennen würde? Sie war sehr hübsch gewesen früher, klein und zierlich, mit langen blonden Haaren. Nach dem Abitur hatte sie ein paar Semester Germanistik studiert und dann den Sohn vom Notar Brechtel geheiratet. Der war auch in unserer Klasse gewesen und war Rechtsanwalt geworden. Ein großer, schlaksiger Besserwisser, der zu seiner Hochzeit einen schlecht sitzenden Nadelstreifenanzug getragen hatte. Es war mir ein Rätsel, was sie an ihm fand. Beate hatte entzückend ausgesehen in einem Traum aus elfenbeinweißer Seide. Die beiden heirateten just an dem Tag, an dem meine Scheidung von Armin durch war. Ein Jahr später traten Mäxchen und ich vor den Traualtar, in Frankfurt. Beate war meine Trauzeugin. Bei dieser Gelegenheit sah sie nicht entzückend aus, da sie hochschwanger war. Ein zeltähnliches Gewand umwogte eine Figur, die ich nur als fesselballonähnlich bezeichnen kann. Ein paar Wochen nach der Geburt ihres ersten Sohnes besuchte ich sie. Ihre Gesprächsthemen? Ihre aus dem Leim geratene Figur, die sie nach der Stillzeit mit Hilfe der »Brigitte-Diät« und viel Sport in ihre alten Dimensionen zurückschrumpfen wollte. Ihr kleiner Sven, das schönste, klügste, wonnigste Bündel nasser Pampers, das die Welt je gesehen hatte. Wenn der Säugling nicht auch noch extrem ausdauernde Lungen besessen hätte, ich schwöre, ich wäre auf dem Sofa eingeschlafen. So hielt ich mich gerade wach genug, um den Entschluss zu fassen, unsere Freundschaft auf Telefonebene zu verlagern. Als ich am Abend zurückfuhr nach Frankfurt, gellte mir noch das Gebrüll des rotgesichtigen Brechtelschen Stammhalters in den Ohren. Die passende Untermalung zu der Erkenntnis, dass Beate und ich jetzt in verschiedenen Welten lebten.

Ich trank einen Schluck Tee. Der Geschmack? Neutral bis grasähnlich. Die Schokoladenkekse waren hervorragend.

»Selbst gebacken«, bemerkte Heide. Es schien ihr nichts auszumachen, dass ich ihre Frage nicht beantwortet hatte. Sie nippte an ihrem Tee, aß Kekse und machte ganz den Anschein, als habe sie alle Zeit der Welt. Ein großer orangefarbener Kater schlenderte heran, rieb sich an ihrem Bein und sprang dann auf ihren Schoß.

»Das ist Thymian«, sagte sie.

Der Kater Thymian blinzelte mich aus kupferfarbenen Augen an, dann rollte er sich auf Heides Schoß zu einer behaglich schnurrenden Kugel zusammen.

»Erzähl mir von dir«, sagte ich zu Heide, zu meiner eigenen

Überraschung. Man soll Leute nie auffordern, von sich zu erzählen. Sie hören nicht mehr auf. Aber Heide, als hätte ich's geahnt, zeigte sich eher wortkarg.

»Da gibt's nicht viel zu erzählen«, meinte sie achselzuckend. »Nach dem Abi hab ich in Frankfurt studiert. Biologie und Englisch, Lehrfach. Dann sind meine Eltern gestorben. Irene und ich haben das Haus geerbt und eine Lebensversicherung. Ich habe Irene ausgezahlt und dafür das Haus übernommen. Ich sah keinen Sinn mehr darin, weiterzustudieren. Ich wollte in Kirchmünden bleiben. Hier.« Ihre Handbewegung umschloss den Garten, das Haus mitsamt seinem Pelz aus wildem Wein.

»Ich hatte fast kein Geld«, erzählte Heide weiter. »Also hab ich Obst und Gemüse selbst angebaut und in der Gärtnerei Enners ausgeholfen. Mit Pflanzen hab ich mich ja immer ausgekannt, schon als ich klein war. Nebenbei hab ich mich mit Heilkräutern beschäftigt. Ich sammle in freier Natur, aber einiges wächst auch im Garten. Ich habe einen Stand auf dem Wochenmarkt und verkaufe Gemüse, Salat, Marmelade, selbstgerührte Salben, Tinkturen, getrocknete Kräuter. Alles Mögliche. Zweimal die Woche halte ich nachmittags eine Kräutersprechstunde ab. Das hat sich so entwickelt über die Jahre. Den meisten Leuten fehlt nicht viel, sie wollen sich nur mal aussprechen. Ich höre zu und schicke alle erst mal zum Arzt. Wer wiederkommt, dem höre ich wieder zu und verkaufe Ringelblumensalbe, Baldrianpulver, Birkenblättertee. Was auch immer.«

Ich staunte. »Und davon kannst du leben?«

Wieder das Achselzucken, ein Lächeln. »Ich brauche nicht viel. Es geht schon.«

Ich staunte noch mehr.

»Zeigst du mir dein Haus?«, fragte ich neugierig.

Es war bescheiden und nichts deutete darauf hin, dass Heide es mit einem anderen menschlichen Wesen teilte. Im Wohnzimmer unten viel Kiefernholz, bunte Vorhänge, Sofakissen, auf denen sich eine schwarze Katze mit Namen Rosmarin räkelte, und eine Menge Grünpflanzen. Dann gab es noch Küche, Gäste-WC und die »Apotheke«. Ein heller Raum, drei Wände voll Regale. Darin große Gefäße aus lichtundurchlässigem Glas, säuberlich beschriftet. Ich beäugte eine Menge kleiner Fläschchen. Öle und Tinkturen, erklärte Heide. Außerdem standen dort Töpfchen mit Ringelblumensalbe und mit Ringelblumencreme. Die Salbe für kleine Wunden und Verbrennungen, erläuterte Heide, die Creme zur Hand- und Nagelpflege. Aha. Dann gab es Gläser mit Marmelade. Flaschen mit selbstangesetztem Kümmel- und Wacholderschnaps, Himbeer- und Holundersaft. Diverse Liköre und Sirups. Prallgefüllte, spitzenverzierte Beutelchen aus weißem Stoff. Ich schnupperte.

»Wäschesäckchen«, erklärte Heide. »Mit Lavendelblüten gefüllt. Gegen Motten.«

In der Mitte des Zimmers stand ein großer Tisch, der mit Schreibzeug, Büchern, einer Briefwaage, kleinen Plastiktütchen und anderem Krimskrams beladen war. Heide deutete darauf. »Hier findet die Sprechstunde statt. Und hier gibt's auch die Medizin. Mit Bedienungsanleitung.«

»Warst du eigentlich nie verheiratet?«, wollte ich wissen.

Sie warf mir einen seltsamen Blick zu. »Ich habe mal jemanden geliebt, damals in Frankfurt. Nach dem Studium wollten wir heiraten. Dann wurde ich schwanger. Er machte sich aus dem Staub, mit meiner besten Freundin. Es sei die große Liebe, eine Himmelsmacht, und es täte ihnen unendlich Leid. Dieses Gespräch zu dritt fand einen Tag vor dem tödlichen Unfall meiner Eltern statt. Eine Woche später hatte ich eine Fehlgeburt.«

»Ich glaube, ich hätte die beiden umgebracht!«, sagte ich. Wie man so was eben sagt, um mitfühlende Empörung zum Ausdruck zu bringen.

»Wirklich?«, erkundigte sich Heide.

»Nein«, gab ich nach kurzem Nachdenken zu. »Aber nicht, weil ich irgendwelche Skrupel hätte, wohlgemerkt.«

»Sondern?«

»Angst, erwischt zu werden. Den Rest meines Lebens im Gefängnis zubringen zu müssen.«

»Ja. Das ist ein Argument«, bemerkte Heide nachdenklich.

Mein Blick fiel auf den breiten Goldreif an meinem rechten Ringfinger. Mein Ehering. Warum hatte ich den nicht gleich mit versetzt? Ich brauchte ihn nicht mehr. Ich zog ihn ab und versenkte ihn in der Tasche meiner Kostümjacke. »Ich lebe in Scheidung«, erklärte ich. Sie nickte nur.

Wir gingen nach oben. Heide zeigte mir das Schlafzimmer ihrer Eltern. Weißer Schleiflack, wie er einmal modern gewesen war in den Sechzigern und Siebzigern, komplett mit grellblauer, gerüschter Nylontagesdecke. Die Wand hinter dem Bett war zugepflastert mit Fotos: Heide und ihre Schwester von der Wiege bis in die Teenagerzeit. Allein oder mit einem lachenden, dunkelhaarigen Paar.

»Meine Eltern. Ich habe nichts verändert«, sagte Heide und pustete ein imaginäres Staubflöckchen vom grellblauen Schirm eines Nachttischlämpchens. »Alles ist so wie es war, als sie noch gelebt haben. Jeden dritten Tag wische ich Staub und lüfte.«

Trotzdem wirkte das Zimmer so tot wie alle Räume, die niemand bewohnt. Auch das Kämmerchen nebenan war nichts anderes als ein Schrein der Erinnerung. Warum tat Heide sich das an? Irenes Reich: Schwarz angemalte Wände mit Postern von Jimi Hendrix und Janis Joplin; der anklagend ausgestreckte Zeigefinger eines graubärtigen Herrn mit Zylinderhut, der fragte:

»Have *you* had your Pill today?« Daneben das Nacktfoto eines bekannten, langmähnigen Models aus den Siebzigern, der Name war mir entfallen. »Mit siebzehn ist sie von zu Hause weg«, sagte Heide leise. »Wir haben das damals nicht an die große Glocke gehängt. Sie wollte Model werden.«

»Das wollen viele«, bemerkte ich. Ich hatte auch mal mit dem Gedanken gespielt.

Heide seufzte. »Sie hat's nicht geschafft. Aber sie war nicht wirklich unglücklich darüber. Sie wollte was sehen von der Welt, und das hat sie auch. Am Ende war sie mit einem Mann zusammen, den sie liebte. Dann wurde sie krank. Sie ist hier gestorben.«

Ich zuckte zusammen. »Hier?! In diesem Zimmer?!«

»Nein. Unten. Sie hat unten gelegen. Sie konnte doch die Treppen nicht mehr gehen.«

Soviel Tod und Drama waren mir auf den Magen geschlagen, ich verspürte Übelkeit. Fast sehnte ich mich in Großmutters Villa zurück. Aber nur fast. Ich fragte: »Und der Typ, mit dem sie zusammen war? Wo war der?«

»In Thailand, geschäftlich. Er fliegt regelmäßig rüber, um Waren einzukaufen. Schmuck, Nippes, Stoffe und so was. Die verkauft er in ganz Deutschland auf Märkten.«

Heide öffnete eine dritte Tür. »Und das ist mein Zimmer«, sagte sie. Ich erhaschte einen Blick auf ein offenes Fenster, weiße Wände ohne Bilder, ein schmales Bett mit einem weißen Bettüberwurf, auf dem eine schwarz-rot-weiß gefleckte Katze schlummerte. Dann war die Tür wieder zu, vor meiner Nase. »Fortuna ist ein bisschen scheu«, erklärte Heide.

»Fortuna?!«

Sie lachte. »Sie heißt so, weil sie eine Glückskatze ist.«

»Glückskatze?«, echote ich.

»Dreifarbige Katzen bringen Glück. Sagt man.«

Ich habe Katzen immer gemocht. Warum war ich nie auf die Idee gekommen, mir selbst eine anzuschaffen? Eine dreifarbige? Vielleicht wäre mein Leben ganz anders verlaufen.

Als wir die Treppe wieder hinuntergingen, fragte ich: »Hat er sie geheiratet?«

Heide, die vor mir ging, blieb stehen und drehte sich um: »Wer wen?«

»Der Mann, mit dem du zusammen warst. Deine, hm, Ex-Freundin.«

»Nein«, gab Heide zurück. »Die beiden sind gestorben, kurz vor der Hochzeit. An einer Knollenblätterpilzvergiftung. Sehr tragisch.«

Zum Abschied packte mir Heide Himbeermarmelade, einen Salatkopf, Tomaten und Johanniskrautpulver in einem Schraubglas in einen Leinenbeutel. Meinen Dank wehrte sie ab. »Gern geschehen. Und grüß deine Großmutter von mir, unbekannterweise.«

»Das tue ich«, versprach ich.

Heide lächelte mich an. Wenn sie lächelte, war sie beinahe hübsch. Die schmalen dunklen Augen blitzten in dem gebräunten Gesicht, sie zeigte regelmäßige weiße Zähne. Es juckte mir in den Fingern, ihr ein leichtes Make-up zu verpassen, sie zu einem anständigen Friseur zu schleppen, der diese zottelige, graugescheckte Mähne zurechtstutzen und kolorieren würde. Sie war der Typ, der in natura nach nichts aussah, ein bisschen zurechtgemacht aber durchaus wirken mochte. Steckte man sie dann noch in ordentlich sitzende Jeans und einen netten Blazer, würde ein Mann vielleicht sogar zweimal hinsehen. Heides Stimme riss mich aus meinen Gedanken.

»Und wenn du Zeit und Lust hast ... melde dich doch mal wieder. Ich würde mich freuen.«

Wir standen vor der Haustür. War Heide glücklich mit nichts als ihrem Häuschen, den Katzen, ihren Pflanzen, den alten Frauen, die sich Kamillentee bei ihr holten? Als ich ihr zum Abschied die Hand schüttelte, betrachtete ich prüfend ihr Gesicht. Es sah nicht aus, als würde sie sich jeden Abend in den Schlaf weinen, weil sie mit ihrem Schicksal haderte. Die dreifarbige Katze musste über beachtliche Zauberkräfte verfügen.

Großmutters neuer, anthrazitgrauer Jaguar (nach Großvaters Tod hatte sie sich blutenden Herzens von dem siebenundzwanzigjährigen Fossil getrennt, da die Reparaturkosten sie aufzufressen drohten) stand noch auf dem Friedhofsparkplatz, wo ich ihn ordnungsgemäß abgestellt hatte. Nicht auszudenken, wenn er gestohlen würde. Oder wenn ich ihn zu Schrott fahren sollte. Es hatte einiges an Überzeugungsarbeit bedurft, ehe sie die Schlüssel herausrückte. Ursprünglich hätte mich Frau Nägele zum Kirchhof kutschieren sollen. Frau Nägele mit dem übellaunigen Mopsgesicht und den neugierigen Glubschaugen. Gestern hatte sie mich, weil Großmutter darauf bestand, zur Apotheke chauffiert, in der ich Herztabletten, Abführtee und Vitaminpillen besorgen sollte. Ich brauchte den ganzen Abend, um mich von der Fahrt zu erholen. Frau Nägele, die Nase an der Windschutzscheibe, kroch im Schneckentempo dahin, stumm und verbissen darauf konzentriert, ihr Ziel zu erreichen. Hindernisse wie rote Ampeln, Einbahnstraßen und Vorfahrtsschilder existierten für sie nicht.

»Frau Nägele, die Ampel war rot!«, kreischte ich, als wir zum ersten Mal über eine Kreuzung schlichen und dem Zusammenstoß nur dank der Reaktionsschnelligkeit der anderen Verkehrsteilnehmer entgingen. Frau Nägele warf mir einen bitterbösen Blick zu und schaltete bei Tempo dreißig krachend in den dritten Gang. Wir stotterten um die nächste Ecke, hinein in eine Einbahnstraße. Falsch herum, versteht sich. Ich schloss die Augen. Doch kein anderes Auto wagte es, sich uns entgegenzustellen. Die Rückfahrt verlief etwas weniger nervenaufreibend, weil wie durch ein Wunder alle Ampeln auf Grün standen.

»Ich fahre seit dreiundzwanzig Jahren unfallfrei, Großmutter«, sagte ich. »Du kannst mir dein Auto beruhigt anvertrauen. Frau Nägele hat doch bestimmt Wichtigeres zu tun, als mich herumzukutschieren.«

Frau Nägele, die soeben ein Glas mit heißem Zitronenwasser für Großmutter brachte, setzte ein Märtyrergesicht auf.

»Stimmt das, Frau Nägele?«, wollte Großmutter wissen.

»Ach Gott, Frau Brandt, ich wollte ja noch Ihren Lieblingskuchen backen und die Betten frisch überziehen. Die Fenster oben putzen und die Gardinen waschen ... aber wenn Sie möchten, fahr ich das Fräulein Silvia gern zum Blumengeschäft und zum Friedhof. Dann mach ich die Arbeit eben am Abend.«

»Das kommt gar nicht in Frage!«, fuhr Großmutter auf.

»Um fünf haben Sie Feierabend, wie immer!« Ihr Gesicht wurde weich. »Wie lange sind Sie jetzt bei mir?«

»Dreißig Jahre. Und wenn mich das Rheuma nicht so plagen würde – ich würd auch nachts um zehn noch Gardinen für Sie aufhängen.«

Mir wurde beinah schlecht davon, wie sie sich anbiederte, aber Großmutter war tief gerührt. »Ach, Frau Nägele. Sie sind eine treue Seele. Was würde ich nur ohne Sie anfangen? Und wenn ich einmal tot bin – nun, mein Testament ist beim Notar Kummeth hinterlegt. Das wissen Sie ja.«

Großmutter wollte ihrer Haushälterin also etwas vererben. Ich amüsierte mich damit, mir auszumalen, was es wohl sein mochte. Ihre elektrische Heizdecke? Ein paar Kochtöpfe? Vielleicht gar einen ihrer weniger wertvollen Pelze? Es würde jedenfalls nichts sein, was ich nicht entbehren könnte, da war ich ganz sicher. War ich nicht Großmutters einzige Blutsverwandte?

Die Nägele schluchzte doch tatsächlich auf. »Ach Frau Brandt, so sollen Sie nicht reden! Sie sollen noch lange, lange bei uns bleiben!«

Großmutter strahlte und drückte die derbe Hand, die sich auf den Ärmel ihres seidenen Nachmittagskleids gelegt hatte.

»Ja«, sagte ich. »Und darf ich jetzt die Autoschlüssel haben, Großmutter, bitte? Ich fahre auch bestimmt vorsichtig.«

»Die Schlüssel sind in der obersten Kommodenschublade im Flur«, sagte Großmutter. »Besorg einen schönen Strauß für deinen Großvater. Und ...«, sie holte tief Luft, es kostete sie sichtlich Überwindung: »Sag Enners, sie sollen die Blumen auf meine Rechnung setzen.«

Donnerwetter, dachte ich. Die Nägele riss die Glubschaugen auf vor Erstaunen.

Es war fünf vor halb sieben, als ich in den düsteren Flur trat. Ich hatte der Versuchung nicht widerstehen können und noch eine kleine Spritztour unternommen. Ein paar Kilometer raus aufs Land war ich gefahren. Der Jaguar schnurrte zufrieden, endlich durfte er mal zeigen, was in ihm steckte. Am liebsten wäre ich weitergefahren, immer nach Süden, bis nach Italien. Im letzten Jahr hatten Heiner und ich eine Woche im Herbst in der Toscana verbracht. Florenz, Siena, Pistoia, San Gimignano. Die Silben prickelten auf der Zunge wie Champagner. Der saure Nachgeschmack: Dies war nicht mein Auto. Ich hatte kein Geld. Ich musste pünktlich um halb sieben zurück sein, um mit Großmutter vor dem Abendessen einen Aperitif einzunehmen, im Salon. Ich würde mit ihr zu Abend essen, ihr beim Fernsehen Gesellschaft leisten.

Seit drei Tagen war ich im Haus meiner Großmutter und drehte mich um sie wie die Erde um die Sonne. Hakte sie unter, während sie mühsam im Garten herumspazierte, um sich Bewegung zu verschaffen. Holte ihr dies und brachte ihr jenes. Hörte ihr zu, wenn sie von ihrer Kindheit, vom Krieg und von Großvater erzählte. Nie von meinem Vater. Ich machte Besorgungen für sie. Kurzum: ich tat all das für sie, wofür Frau Nägele keine Zeit hatte, weil sie von morgens um acht bis nachmittags um fünf putzte, Staub wischte, kochte, backte, wusch, bügelte und was es sonst noch in einem Haus dieser Größe zu tun gibt. Sie fand sogar noch Zeit, das ein oder andere im Garten zu erledigen. Fürs Grobe – Rasen mähen, Hecken schneiden und dergleichen – kam einmal in der Woche nachmittags ein Gärtner, den meine Großmutter jedes Mal zähneknirschend persönlich entlohnte. Fünfzehn Mark die Stunde verlange der Mensch, hatte sie mir vorgestern ins Ohr gezischt, als der rundliche kleine Rentner sich trollte. Da dachte ich: deine einzige Enkeltochter, die arbeitet sogar ganz umsonst für dich.

Natürlich gibt es eine Menge Leute, die das, was ich für Großmutter tat, nicht als Arbeit bezeichnen würden. Die hielten es für selbstverständlich, dass man sich um seine Verwandtschaft kümmerte! Jahrelang, selbstlos und aufopfernd, ohne zu klagen und ohne etwas dafür zu erwarten. Aus Liebe. Aus Pflichtgefühl. Weil irgendjemand da oben im Himmel Buch führte und man beim Jüngsten Gericht profitieren würde, wenn man lauter goldene Pluspunkte gesammelt hatte, weil man Opa so brav zu Tode gepflegt hatte. Alles gute Gründe, und keiner traf auf mich zu. Es war so, dass ich, so wie die Dinge im Moment standen, keine andere Wahl hatte.

Ich dachte an Mäxchen, den Freund eines Freundes meines Vaters aus Frankfurt, der eines Nachmittags zu uns zum Tee kam und sich in mich verliebte. Das Strahlen seiner Augen, wenn er mich ansah, heiterte mich auf in einer Zeit, in der ich Aufheiterung dringend nötig hatte. Zurück an die Uni in Heidelberg wollte ich nicht mehr. In Kirchmünden langweilte ich mich. Ich war zu lange weg gewesen und passte nicht mehr hierher. Der Großteil unserer ehemaligen Clique war in alle Winde zerstreut. Diejenigen, die in Kirchmünden geblieben waren, waren verheiratet und schwanger oder sie schoben bereits Kinderwagen durch die Straßen. Von den Kirchmündenern wurde ich mit einer Mischung aus Mitleid und Misstrauen beäugt. Mitleid, weil meine Ehe gescheitert war; Misstrauen, weil man befürchtete, ich könne mich an einem der jungen Väter vergreifen.

Zuerst war ich glücklich und erleichtert gewesen, wieder daheim zu sein. Meine Eltern verwöhnten mich, die Scheidung von Armin ging ihren Gang. Aber ich wusste nicht recht, was ich mit meinem Leben anfangen sollte. Ich begab mich also zum Arbeitsamt, absolvierte einen Eignungstest und ließ mich beraten. Geeignet war ich für vieles. Das Problem war nur, dass nichts echtes Interesse in mir wachrief. Die Sachbearbeiterin, ein unscheinbares Wesen mit dicker Brille und formlosem, grauem Strickkleid, seufzte. Für sie war ich wohl ein hoffnungsloser Fall.

»Vielleicht wäre die Werbung was für Sie. Oder das Verlagswesen. Oder ein Studium der Betriebswirtschaftslehre. Ich gebe Ihnen mal Informationsmaterial mit«, meinte sie zum Schluss und seufzte wieder. Sie trug keinen Ehering und hatte wohl allen Grund zum Seufzen. Wenn ich so ausgesehen hätte wie sie, hätte ich mir längst einen Strick gekauft und mich erschossen.

Mäxchen kam also zum Tee. Er war Apotheker, fünfundzwanzig Jahre älter als ich, verwitwet, mit drei erwachsenen Kindern aus erster Ehe. Ich mochte ihn auf Anhieb. Dass er ein bisschen aussah wie Cary Grant, mag eine Rolle gespielt haben. Er umwarb mich mit roten Rosen, Parfüm, Seidentüchern, Gedichtbänden, einem herzförmigen Medaillon an einem feinen Goldkettchen, das ich leider verloren habe. Er führte mich nach Frankfurt ins Theater aus, nach Bad Homburg in die Spielbank. Mich zu lieben machte ihn glücklich. Unter der Sonne seiner Anbetung blühte ich wieder auf. Als Mäxchen ganz förmlich um meine Hand anhielt, legten uns meine Eltern keine Steine in den Weg, trotz des großen Altersunterschieds.

»Hauptsache, ihr liebt euch«, sagte meine Mutter, die mir gestand, in ihrer Jugend einmal in einen zwanzig Jahre älteren Oberarzt verliebt gewesen zu sein. »Nicht, dass dein Vater mich nicht glücklich gemacht hätte«, beteuerte sie. »Aber erste Liebe bleibt erste Liebe.«

Ich dachte an Armin, den Schuhhändler, und schwieg.

»Sicherheit und Geborgenheit, das möchte ich für mein kleines Mädchen«, sagte mein Vater. »Max wird gut für dich sorgen, da habe ich keine Angst.«

Das dachte ich auch und kritzelte achtlos meinen Namen unter den Ehevertrag, den Max mir verschämt nach der Hochzeit vorlegte. »Nur, damit alles geregelt ist. Wegen der Kinder«, murmelte er. Die Kinder, zwei Töchter, ein Sohn, waren in meinem Alter. Zwischen uns herrschte vom ersten Kennenlernen an kalter Krieg. Sie konnten mir nicht verzeihen, dass ich jung war und hübsch, dass ihr Vater vernarrt war in mich, dass er mir jeden Wunsch von den Augen ablas, dass wir auf eine altmodische, ruhige Art glücklich miteinander waren. Zu gern hätten sie mich in flagranti mit einem jungen Liebhaber erwischt. Aber da waren sie an die Falsche geraten. Ich hatte endlich meinen Platz im Leben gefunden, und um nichts in der Welt hätte ich diese Sicherheit aufs Spiel gesetzt.

Aber Sicherheit ist eine Illusion. Eines Morgens wacht man auf, nichts ist mehr, wie es war, man fühlt sich hilflos auf einer Stromschnelle einem Wasserfall entgegentreiben und man denkt: Wenn Max nicht gestorben wäre, ganz plötzlich an einem Herzinfarkt, frühmorgens unter der Dusche. Wenn seine Kinder nicht so raffgierig wären. Wenn ich den Vertrag nicht unterschrieben hätte. Wenn ich nicht solches Pech gehabt hätte …

Wenn, wenn, wenn.

Wenn ich die Uhr zurückdrehen könnte, würde ich alles ganz anders machen.

Als ich um halb sieben in den Salon kam, saß Großmutter in ihrem Sessel, auf dem Beistelltischchen stand ein Glas mit Sherry. Sie hatte sich schon selbst eingeschenkt, etwas, das sie dank meiner Gegenwart im Hause seit drei Tagen nicht mehr hatte tun müssen.

»Du kommst spät, Silvia«, sagte Großmutter zur Begrüßung. »Ist auch alles in Ordnung? Mit dem Auto?« Ich beugte mich über sie und küsste ihre weiche, faltige Wange.

»Das Auto ist heil geblieben«, sagte ich. »Ich habe eine ehemalige Klassenkameradin auf dem Friedhof getroffen, sie hat mich zu sich zum Tee eingeladen. Deshalb bin ich so spät.«

Großmutter war beruhigt. »Setz dich zu mir und nimm dir einen Sherry.«

»Auf dein Wohl, Großmutter«, sagte ich.

»Dein Mann hat heute Nachmittag angerufen«, verkündete sie.

Ich erstarrte. »Heiner?«

»Nun, der andere ist ja tot«, bemerkte sie ungeduldig. »Dieser hier – Heiner – war betrunken.«

Ich seufzte. Warum rief er hier an? Ich hatte mich in meinem Abschiedsbrief doch klar und deutlich ausgedrückt.

Lieber Heiner, hatte ich geschrieben, *meine Großmutter braucht mich. Ich werde nicht mehr zu dir zurückkommen. Ich wünsche dir alles Gute auf deinem weiteren Weg.*

Silvia

»Was hat er gewollt?«, fragte ich.

»Geld«, sagte Großmutter knapp.

Ich fiel fast vom Fauteuil. »Geld? Von dir? Aber ihr kennt euch doch kaum!«

»Gott sei Dank«, sagte Großmutter. »Warum hast du mir nicht gesagt, dass dein Mann bankrott ist und in Schulden erstickt?«

»Ich will mich ja scheiden lassen«, sagte ich leise.

»Tu das. Ruf morgen früh gleich Oskar Kummeth an. Er wird sich darum kümmern.«

»Aber …«, wandte ich ein.

Großmutter seufzte. »Die Kosten übernehme ich. Was bleibt mir denn anderes übrig.«

»Danke, Großmutter.«

Großmutter lächelte. »Ich bin sehr froh, dass du bei mir bist, Silvia. Auf einmal ist das Haus wieder voll Leben. Ich fühle mich zwanzig Jahre jünger.«

Sie legte ihre mit Altersflecken übersäte Hand auf meine. Die Finger waren geschwollen. Plötzlich hatte ich ein schlechtes Gewissen und wusste nicht warum.

Kummerblume
(Matricaria chamomilla)

Ein Engel hatte einmal auf einer Wolke gesessen und geweint. Dort, wo seine Tränen auf den Boden fielen, wuchsen duftende Kummerblumen.

Sie helfen bei Magen- und Darmbeschwerden, Erkältungen, Halsentzündungen und wundem Zahnfleisch. Heilende Wirkung haben sie ferner bei Abszessen, Furunkeln, Hämorriden, bei Nagelbettentzündungen und schlecht heilenden Wunden.

Linderung für innerliche und äußerliche Beschwerden bringen Kamillentee oder Kamillentinktur. Die Tinktur setze ich mit getrockneten Kamillenblüten und 70-prozentigem Alkohol an. Als Badezusatz bringen Kamillenblüten bei Erkältungen und Hautkrankheiten Erleichterung. Kamilleninhalationen helfen bei allen entzündlichen Erkrankungen der oberen Atemwege.

Heide Bertram

4

Heide

Nachdem Silvia gegangen war, machte ich einen letzten Rundgang im Garten. Die Sonne stand schon tief, Schwalben flitzten über den Himmel. Bald würden sie nach Süden ziehen. Ich dachte an Mischa, den Regenbogenmann, ein Zugvogel, wie er im Buche stand. Alle paar Monate tauchte er an meiner Tür auf, natürlich unangemeldet. Das rote Wohnmobil namens Emma parkte in der Straße und zog alle Blicke auf sich. Er blieb ein, zwei Tage, dann zogen Emma und er weiter in die nächste Stadt; zum nächsten Markt oder Altstadtfest.

Wir schliefen zusammen in meinem schmalen Bett. Fortuna lag zusammengerollt am Fußende. Er amüsierte sich, dass die bunte Katze der einzige Farbfleck in meiner kargen weißen Zelle war.

»Du bist auch bunt«, sagte ich zufrieden und strich mit dem Finger über seine braune Brust. »Regenbogenmann. Heute hier, morgen dort.«

Er lachte und streckte sich. »Komm doch einfach mit.«

»Und das Haus? Die Katzen? Der Garten? Meine alten Damen, die ihren Kamillentee brauchen und ein offenes Ohr?«

»Oh, Heide«, murmelte er. »Tief verwurzelt in der Erde …« Er sagte es nachsichtig, so wie zu einem Kind, dem man seinen Willen lässt. Er war nicht der Typ, der Forderungen stellte oder es zuließ, dass Forderungen an ihn gestellt wurden. Was er geben wollte, gab er großzügig. Dann war er wieder fort, und ich konnte mich darauf freuen, dass er wiederkommen würde. Kein Mann zum Heiraten. Er machte mich glücklich, so wie es mich glücklich macht, im Wald Rehe zu beobachten. Oder die Schwalben am Sommerhimmel.

Er kam am Tag nach Irenes Beerdigung. Ich saß mit einem Becher Kamillentee auf der Gartenbank in der Sonne, hatte die Augen geschlossen und dachte an meine Schwester. Das Einzige, was am Ende in ihrem zerstörten Körper noch funktioniert hatte, war ihr Herz. Es wollte nicht aufhören zu schlagen. Irene war zum Skelett abgemagert. Sie lag im Wohnzimmer in einem Krankenhausbett, gewindelt wie ein Baby. Unser Hausarzt sorgte dafür, dass sie so wenig Schmerzen wie möglich hatte. Er gehörte nicht zu der weit verbreiteten Sorte Mediziner, die Sterbenden Schmerzmittel verweigern in der Befürchtung, sie könnten süchtig in den Tod gehen. Irene dämmerte die meiste Zeit vor sich hin, doch manchmal schrak sie hoch, klammerte sich an meine Hand. »Bald bin ich wieder gesund«, flüsterte sie. »Mischa kommt doch. Er bringt mir ein Armband mit. Ein silbernes, aus Thailand.«

»Ja …«, flüsterte ich und biss mir auf die Lippen, um nicht loszuheulen.

Sie konnte nicht mehr essen, kaum etwas trinken. Infusionen lehnte sie ab. »Ich will nicht an Schläuchen hängen«, sagte sie. »Es geht auch ohne, oder?«

Dr. Hartung und ich sahen uns an. Der Arzt strich Irene zart mit einem Finger über die Wange. »Wichtig ist nur, was *Sie* möchten.«

Irene lächelte. »Im Winter gehen wir Schlitten fahren, Heide und ich. Oben an der alten Viehweide.«

Dr. Hartung wandte sich ab. Ich sah, dass seine Augen feucht waren.

Ein Tag folgte auf den anderen. Irenes Herz schlug und schlug und irgendwann war ich soweit, dass ich überlegte, wie ich es zum Stillstand bringen konnte, damit sie gehen konnte. Ich konnte es nicht mehr ertragen, sie so zu sehen.

Ich wusch Irene, wechselte ihre Windel. Ich zog ihr ein frisches, nach Lavendel duftendes Nachthemd an und flößte ihr ein bisschen gesüßten Früchtetee ein. Sie lächelte mich schläfrig an. »Ich hab dich lieb, Heide«, sagte sie leise.

Die Tränen schossen mir in die Augen. Ich schluckte. »Ich dich auch.«

Sie legte den Kopf zur Seite. Die Perücke, die sie Tag und Nacht trug, erdrückte sie fast.

Ich streichelte ihre Hand, die mager und gelb war wie eine Vogelklaue. »Schlaf«, sagte ich. Sie schloss die Augen.

Ich ging in den Garten, zu den Blumenbeeten. Der rote Fingerhut – Digitalis purpurea – blühte besonders üppig in diesem Jahr, eine Fülle dunkelrosa Glöckchen schmückten die hohen Stängel. Fingerhut ist hochgiftig, und er wirkt aufs Herz. Mehr wusste ich nicht. Auf gut Glück pflückte ich eine Handvoll Blüten. Ich stellte mir einen sanften Tod vor: Irenes Herz, das Blut durch eine Ruine pumpen musste, würde einfach aussetzen. Die Blüten warf ich in einen Topf mit etwas Wasser, zusammen mit Hagebuttenschalen, zerdrückten getrockneten Heidelbeeren und Himbeerblättern. Ich ließ die Mischung kochen, fünf Minuten lang. Ich war ganz ruhig. Dr. Hartung, der täglich mit Irenes Tod rechnete, würde keinen Verdacht schöpfen. Eine Frau, die ihre sterbende Schwester so aufopferungsvoll zu Hause pflegte, eine Giftmischerin? Nie. Meine Hände zitterten nicht, als ich den Sud durch ein Sieb in einen Becher goss.

Ich saß an ihrem Bett, als sie aufwachte. Sie hatte Schmerzen, ihre Augen waren groß und voller Angst. In einer halben Stunde würde Dr. Hartung kommen. Ich griff nach ihrer Hand. »Trink was«, sagte ich.

Sie biss sich auf die Lippen, schüttelte den Kopf. »Wann kommt der Doktor?«

»Gleich«, sagte ich und hielt ihr den Becher mit dem inzwischen abgekühlten Sud hin. Ich hatte ihn mit Honig gesüßt.

»Trink was«, bat ich. »Mir zuliebe.«

Sie kam nicht mehr dazu. Sie bäumte sich auf, schnappte nach Luft, ihre Hand krallte sich in meine. Der Inhalt des Bechers ergoss sich über die Bettdecke. Sie kämpfte einen kurzen, erbitterten Kampf. Dann war es vorbei.

»Hi!« sagte eine männliche Stimme. Ich öffnete die Augen. Vor mir stand der Regenbogenmann, in einer weiten Baumwollhose und einem Batikhemd in Lila- und Rosatönen. Auf dem Rücken hatte er einen riesigen Rucksack, in einer Hand einen dicken Strauß, der verdächtig nach zusammengeklauten Gartenblumen aussah. Er war braungebrannt und lächelte mich erwartungsvoll an. »Ich komme direkt vom Flughafen. Wie geht's Irene? Ist sie drinnen?«

Ich stand auf. Mein Gesicht sagte wohl, was ich in diesem Moment nicht über die Lippen brachte. Sein Lächeln erstarb, er wich zurück, als ich auf ihn zuging.

»Nein!«

»Mischa …«

»Nein! Sie hat gesagt, bald ist sie wieder gesund! Ich hab ihr das Armband mitgebracht … hier«.

Die Blumen fielen zu Boden, er kramte verzweifelt in seiner Hosentasche.

»Mischa …«

Ich stand vor ihm. Dann lagen wir uns in den Armen und weinten.

An diesem Abend betrank ich mich zum ersten und einzigen Mal in meinem Leben. Wir saßen in der Küche. Ich hatte Nudeln gemacht mit einer Kräutersoße, aber keiner von uns mochte etwas essen. Wir tranken Rotwein und redeten über Irene. Wie sie gelebt hatte, wie sie gestorben war.

»Sie ist friedlich eingeschlafen«, behauptete ich. Warum sollte ich ihn quälen, er hatte sowieso furchtbare Schuldgefühle.

»Ich hätte anrufen sollen«, sagte er immer wieder. »Ich hätte früher zurückkommen sollen. Ach was, ich hätte gar nicht fliegen dürfen. Aber sie hat gesagt, alles okay, bald bin ich wieder fit … grüß Thailand von mir und denk an mein Armband.« Seine langbewimperten grünen Augen standen voll Tränen.

Das Armband, ein breiter, fein ziselierter Silberreif, lag auf dem Tisch. Er zeichnete mit dem Fingernagel die Linien nach, immer wieder. »Ich hätte wissen müssen, wie krank sie war … dass die Operation nichts genützt hat. Und die Chemotherapie auch nicht. Dass es zu spät war.«

Mit dem Wissen ist es so eine Sache. Ich hatte auf den ersten Blick gewusst, dass sie den Herbst nicht mehr erleben würde. Aber ich wollte es nicht mehr wahrhaben, kaum, dass die beiden am Küchentisch saßen und Tee tranken. Irenes Wangen hatten Farbe bekommen; sie erzählte lebhaft, lachte viel. Sicher brauchte sie wirklich nur gute Landluft; Urlaub bei ihrer Schwester, die sie schon aufpäppeln würde. Ich wollte an ein Wunder glauben. Genau wie Irene.

»Sie hat es selbst nicht wahrhaben wollen«, sagte ich. »Sie hat bis zum Schluss glauben wollen, dass sie wieder gesund wird.« Wenigstens das stimmte.

Einmal, kurz nachdem Irene bettlägerig geworden war, hatte ich mit Dr. Hartung am Küchentisch gesessen. Wir tranken Kaffee und aßen dazu Butterkuchen, frisch aus dem Ofen.

»Sie liegt im Sterben, oder?«, fragte ich.

Dr. Hartung sah mich über den Rand seiner Kaffeetasse an und nickte.

»Müssten … müssten wir nicht mit ihr darüber sprechen? Hat sie nicht das Recht zu erfahren, wie es um sie steht?«

Er seufzte und rieb sich mit einer müden Handbewegung die Stirn. »Die Frage muss anders lauten. Glauben Sie, dass Ihre Schwester es erfahren muss, auch wenn sie es nicht will?«

Irgendwann nahm ich Mischas Hand und wir gingen nach oben. Keine Rede davon, dass er auf dem Sofa übernachten könne. Wir wollten beide nicht allein sein in dieser Nacht und schliefen engumschlungen in meinem schmalen Bett.

Am nächsten Morgen frühstückten wir auf einer Decke, die wir auf der kleinen Obstwiese im Garten ausgebreitet hatten, vor neugierigen Blicken abgeschirmt durch die dichte Naturhecke. Essen konnte ich nicht viel, mein Schädel brummte vom Rotwein und mir war leicht übel. Ich streckte mich auf der Decke aus und schloss die Augen. Mischa saß im Schneidersitz neben mir, aß mit gutem Appetit Brot und Käse und trank dazu Kaffee aus der Thermoskanne. Wach wurde ich davon, dass jemand meinen Arm hochhob. Etwas Schweres, Kaltes wurde über meine Hand gestreift. Ich öffnete die Augen. Irenes Armreif.

»Er gehört dir«, sagte Mischa.

Ich zog den Reif ab und legte ihn auf die Decke. »Nein. Er gehört Irene. Wir bringen ihn ihr, heute Nachmittag.«

Ich setzte mich auf und küsste ihn auf den Mund. Seine Lippen öffneten sich unter meinen. Und dann liebten wir uns unter dem Birnbaum, der die »Köstlichen von Charneu« trägt. Auf dem untersten Ast saß eine Amsel und betrachtete uns mit schiefgelegtem Köpfchen. Was mit Mischa und mir geschah, war gut und richtig, und in den glänzenden Perlaugen des Vogels las ich, dass Irene derselben Meinung war.

Seinen endgültigen Platz fand der Armreif erst später. Er ruhte – in Seide und Plastikfolie gehüllt – in der Erde vor Irenes Grabstein.

Es war empfindlich kühl geworden. Ich steckte die Hände in die Taschen meiner Weste und ging zurück zum Haus. Fortuna saß im offenen Schlafzimmerfenster und putzte sich. Als sie mich sah, streckte sie sich und kletterte dann geschickt am Rankgitter hinunter, kam mauzend auf mich zu und strich mir um die Knöchel. Auch Rosmarin und Thymian rannten herbei, es war Zeit fürs Abendessen.

Ich fütterte die Katzen, dann machte ich mir ein bisschen Gemüse vom Mittag warm und streute frisch geriebenen Parmesankäse drüber. Wenn Silvia zum Essen geblieben wäre, hätte ich mir natürlich mehr Mühe gegeben. Vielleicht würde ich sie nächste Woche einladen? Es würde ihr gut tun, ein bisschen rauszukommen, alte Leute konnten anstrengend sein. Warum war sie auf dem Friedhof in Tränen ausgebrochen? Trauer um ihren Großvater? Kummer wegen ihrer Scheidung? Sie hatte es mir nicht verraten. Gut so. Zu viele Leute schütteten mir ihr Herz aus und gingen anschließend erleichtert ihrer Wege, nach mir und meinen Gefühlen fragte niemand.

Früher hatte ich mich geschmeichelt gefühlt, dass mir so viel Vertrauen entgegengebracht wurde. Wenn Leute ihre Sorgen und Nöte, ja ihre gesamte Lebensgeschichte, vor mir ausbreiteten, musste ich doch ein netter Mensch sein, oder? Jemand, mit dem man gern befreundet war. Warum also gehörte ich in Kirchmünden trotzdem nirgendwo dazu? Ein Rätsel, das mich jahrelang beschäftigte. Erst als Beate sich eines Tages bei mir über ihre Eheprobleme ausgeweint und sich dann sehr getröstet, aber eilig verabschiedet hatte, weil sie noch Besorgungen für ihr alljährliches Sommerfest erledigen musste, zu dem ich nicht eingeladen war, dämmerte mir in einem plötzlichen Anfall der Erkenntnis, woran es lag: Ich wusste zu viel.

Ich wusste als Einzige, dass Beate, als sie zum dritten Mal schwanger war, unter dem Vorwand, sie verbringe ein paar Tage auf einer Schönheitsfarm, heimlich in Holland abtreiben ließ. Ich wusste, wer wen mit wem betrog, welche ehemalige Schulfreundin HIV-positiv war, wer zwanghaft im Kaufhaus Lippenstifte klaute, wer unter Bulimie litt, alkoholabhängig war, Schulden hatte, seine Frau schlug. Ob sie alle fürchteten, ich könnte im Freundeskreis plaudern, sobald ich dazugehörte? Oder war das Ungleichgewicht zu groß? Ich kannte ihre dunkelsten Geheimnisse. Die sie mir, wohlgemerkt, ungefragt anvertraut hatten. Was wussten sie über mich? Nichts von Bedeutung.

Nur ich wusste, dass ich drei Menschen getötet hatte. Und wenn Irene nicht gestorben wäre, bevor sie von meinem Gebräu trinken konnte, wären es vier gewesen.

Ich lernte Hannes auf einer Party meiner besten Freundin Wiebke kennen. Wiebke hatte dieselben Fächer belegt wie ich. Wir saßen im ersten Semester ein paarmal in den Vorlesungen nebeneinander, kamen ins Gespräch, gingen in der Cafeteria einen Kakao trinken und waren schon bald dick befreundet. Mit Wiebke konnte man lachen und Spaß haben, und das genoss ich. Sie hatte phantastische lange rote Haare, blaue Augen und eine aufregende Figur. Sie verliebte sich ständig neu, und jedes Mal war es die ganz, ganz große leidenschaftliche Liebe. Ich sah staunend zu. In den drei Jahren, die wir zusammen zur Uni gingen, hatte ich nur zwei Beziehungen zu Männern, die eher auf Kameradschaft und ähnlichen Interessen als auf Leidenschaft gründeten. Eine mit einem sehr ernsthaften Medizinstudenten namens Torsten, der sich auf Naturheilverfahren spezialisieren wollte; die andere mit einem angehenden Biologen. Wir verbrachten viele anregende Stunden mit dem Sammeln von Wasserschnecken in Tümpeln und Teichen, die Jens für seine Diplomarbeit benötigte. Warum trennte sich Torsten von mir und ich mich von Jens, in aller Freundschaft? Es ergab sich so. Von Herzschmerz und verletzten Gefühlen konnte keine Rede sein. Wir waren nach wie vor gute Kumpel. Ich war dreiundzwanzig und zweifelte nicht im Geringsten daran, dass der richtige Mann mir zu gegebener Zeit über den Weg laufen würde. Es wäre Liebe auf den ersten Blick, bei ihm und bei mir, und wir würden glücklich miteinander sein, bis dass der Tod uns schied.

In Wiebkes kleinem Einzimmerapartment drängelten sich ungefähr dreißig Leute. Ich hatte nur Augen für einen. Er trug enge Levis und ein weißes Hemd mit hochgekrempelten Ärmeln. Ich hatte ihn schon mal gesehen, letzte Woche in dem Bistro, in dem ich nachmittags über die Sommerferien jobbte. Ich hatte mit klopfendem Herzen dreimal nachgefragt, ob ich ihm noch etwas bringen könne, obwohl er mit seiner Cola offensichtlich zufrieden war. Nur weil mir seine grünen Augen und sein Lächeln so gut gefielen. Und jetzt war er hier!

Ich stieß Wiebke einen Ellbogen in die Rippen. »Wer ist das? Der große Blonde da drüben am Fenster?«

Wiebke, die schon ein bisschen beschwipst war, grinste. »Toller Typ, was? Könnte mir auch gefallen.«

Das hätte mich hellhörig machen sollen. Tat es aber nicht. Ich war viel zu sehr damit beschäftigt, den Blonden anzustarren.

»Er heißt Hannes und ist ein Freund von Peter«, schrie Wiebke in mein Ohr, um die »Stones« zu übertönen.

Peter war ihr Derzeitiger – seit zwei Wochen oder so. Er studierte BWL.

»Hm. Und was macht er? Hannes?«

Sie blinzelte mir zu. »Studiert auch BWL. Und ist solo. Komm, ich mache euch bekannt.«

Schon hatte sie meine Hand gepackt und manövrierte mich durch das Gedrängel zum Fenster. »Das ist Heide, meine beste Freundin«, sagte sie zu Hannes. Er sah mich an. Aus diesen grünen Augen, die es mir angetan hatten.

»Hallo, Heide«, sagte er. »Sag mal ... kennen wir uns nicht?«

Bei mir war es Liebe auf den ersten Blick. Bei ihm, so dachte ich, auf den zweiten. Ich war ganz sicher, dass er auf der Party durch mein eher schlichtes Exterieur hindurch direkt auf meine schöne Seele geblickt und sich in mich verliebt hatte. Alles ging ganz schnell. Noch in derselben Nacht waren wir in seinem Bett gelandet. Ich schwebte im siebten Himmel, allerdings mit Bodenhaftung: Das Studium war mir nach wie vor wichtig. Hannes nahm alles leicht und machte nur das Nötigste. Er hatte viele Freunde und ging oft aus, auch allein, wenn ich lernen musste.

Am Anfang trafen wir uns ab und zu in seiner Stammkneipe mit Wiebke und Peter, später mit Peter und seiner neuen Freundin Sabine. Denn Wiebke hatte sich schnell wieder auf zu neuen Ufern gemacht und Peter sitzen lassen. »Deine Freundin hat ganz schön Pfeffer im Hintern«, sagte Hannes bewundernd zu mir. Ich lachte nur. Mir zuliebe ließ sich Hannes am Wochenende auf lange Spaziergänge mitschleppen. Vorbei waren die Zeiten, an denen ich fast jeden Freitag nach Kirchmünden gefahren war. Meine Eltern freuten sich, dass ich frisch verliebt war, zum ersten Mal mit Haut und Haaren. »Bring den jungen Mann mal mit, wenn's ruhiger geworden ist mit euch beiden«, sagte mein Vater am Telefon, und wir mussten beide lachen.

Ich blühte auf in diesem Herbst. Zum ersten Mal fand ich mich schön, wenn ich in den Spiegel sah. Wir liefen durch den Wald, ohne einem Menschen zu begegnen, Hand in Hand, mit einem großen Korb bewaffnet. Hannes aß für sein Leben gern Pilze, verstand aber nichts davon. Ich dafür umso mehr. Meine Mutter war schon mit Irene und mir in die Pilze gegangen, als ich kaum laufen konnte. In Hannes' klapprigem VW-Käfer fuhren wir in den Taunus und sammelten Steinpilze, Pfifferlinge, Birkenpilze, Maronenröhrlinge, Ziegenlippen, Wiesenchampignons, Schafchampignons und andere Köstlichkeiten. Es machte mir großen Spaß, ihm beizubringen, wie man Pilze bestimmt.

»Bei den Champignons musst du aufpassen, besonders beim Schafchampignon«, erklärte ich. »Den kann man ganz leicht mit der weißen Varietät des grünen Knollenblätterpilzes verwechseln. Und dann …« Ich fuhr mir mit zwei Fingern bedeutungsvoll über die Kehle.

Er lachte. »Ich hab Hunger. Lass uns heimfahren und Pilze braten. Mit Zwiebeln und Speck.«

Ich ließ nicht locker. »Ich zeig dir den Unterschied. Hier …« Ich hielt einen Schafchampignon in die Höhe. »Beim Schafchampignon sind die Lamellen an der Unterseite des Huts graurosa. Bei älteren Exemplaren dunkel- bis schwarzbraun. Niemals weiß oder grünlich wie beim Knollenblätterpilz.«

Er nickte.

Ich hielt einen grünen Knollenblätterpilz hoch und einen kegelhütigen, der auch weißer Knollenblätterpilz genannt wird.

»Das wichtigste Unterscheidungsmerkmal zwischen essbaren Champignonarten und ihren giftigen Vettern hier ist aber die sogenannte Volva«, dozierte ich.

Er grinste anzüglich und sah mir zwischen die Beine. »Volva, nicht Vulva«, murmelte ich.

Es folgte ein langer Kuss, der mich atemlos machte.

»Die Volva ist diese weiße Hülle an der Stielbasis«, japste ich. »Hier … siehst du? Das heißt, eigentlich ist die Volva der Rest einer Hülle, in der der Pilz steckte, als er jung war …«

»Eine Hülle, richtig. Daraus müssen wir dich unbedingt befreien«, sagte Hannes und schob eine Hand unter mein Sweatshirt. Die andere machte sich am Reißverschluss meiner Jeans zu schaffen.

»Hannes«, sagte ich schwach. »Du solltest wirklich aufpassen … jemand, der so gern Pilze isst wie du, sollte wissen, worauf er zu achten hat. Jedenfalls, wenn er alt werden will.«

»Ich werde hundert. Zusammen mit dir«, behauptete er und hakte meinen BH auf. »Unsere Enkel und Urenkel besuchen uns jeden Sonntag. Zum Mittagessen gibt's Schafchampignons in Rahmsoße mit deinen selbstgemachten Klößen und alle sind glücklich. Besonders ich.«

Das machte *mich* so glücklich, dass ich beinahe in Tränen ausgebrochen wäre. Ich ließ die Pilze fallen und knöpfte sein Hemd auf.

Wie schnell Hannes vom Heiraten sprach. »Wir ziehen zusammen, nächstes Frühjahr«, sagte er. »Dann muss ich sowieso aus meinem Zimmer in der WG raus. Udo kommt zurück. Das ist der Typ, von dem ich dir erzählt hab. War ein Jahr in Seattle, der Glückspilz.«

Ich war selig. Wir würden zusammen wohnen, nur wir beide! Abends zusammen kochen, ein Glas Wein trinken, zusammen schlafen gehen und aufwachen. Ade, Zimmerchen im Studentenwohnheim!

Hannes küsste meine Nasenspitze. »Geheiratet wird aber erst, wenn wir unser Examen haben. Zum krönenden Abschluss sozusagen.«

Ich fiel ihm um den Hals, küsste seine Stirn, seine Augen, seinen Mund. Er schloss die Tür seines Zimmers ab, und wir fielen aufs Bett. Es musste dann passiert sein. An einem trüben Nachmittag Anfang November. Wir hatten beide die Vorlesungen geschwänzt. Er mit schöner Selbstverständlichkeit, ich mit schlechtem Gewissen. »Nur dieses eine Mal«, sagte ich mir. »Einmal ist keinmal ...« Natürlich nahm ich die Pille. Kein Thema. Dass ich in der Woche zuvor drei Tage mit Brechdurchfall im Bett gelegen hatte, hatte ich aus meinem Gedächtnis gestrichen.

Bei Wiebke war auf Peter ein Stefan gefolgt, dann gab es ein Intermezzo mit einem gewissen Bernd, jetzt war sie solo. Wir sahen uns selten, da die Vorlesungen an der Uni in diesem Semester weitgehend ohne Wiebke stattfanden. Sie jobbe, um sich im nächsten Jahr drei Monate USA leisten zu können, erzählte sie mir. Keine Zeit, sorry, Heide. Das war alles, was aus ihr herauszukriegen war. Wenn wir mal was gemeinsam unternahmen – immer auf meine Initiative hin –, war sie seltsam verschlossen und abweisend, ich kam einfach nicht mehr an sie heran. Wäre alles anders verlaufen, wenn ich versucht hätte, die Mauer zu durchstoßen, die sie um sich herum errichtet hatte? Vielleicht ja, vielleicht nein. Tatsache war, dass meine Liebe zu Hannes mich zu glücklich machte, als dass ich mich ernsthaft mit Wiebke hätte auseinandersetzen wollen. Mitte November wurde Hannes von einem Anfall von Arbeitswut gepackt.

»Du«, sagte er eines Mittags in der Mensa zu mir. »Ich hab ganz schön geschludert in diesem Semester. Jetzt muss ich mal richtig ranklotzen, sonst schaff ich meine Klausuren nicht. Es ist besser, wenn wir uns die nächste Zeit nicht sehen.«

Mir sank das Herz. »Wie lange?«

Er sah mich schräg von der Seite an. »Schaun wir mal. Ich muss sehen, wie ich durchkomme mit dem Stoff. Okay?«

Ich nickte und schluckte den dicken Kloß hinunter, der mir im Hals saß. »Klar.«

Er legte seine Hand auf meine und drückte sie leicht. »Heide … es wär auch besser, wenn wir nicht miteinander telefonieren. Absolute Funkstille. Sonst wird es nichts mit dem Lernen.«

Der Kloß in meinem Hals wurde so dick, dass ich glaubte zu ersticken. »Aber Hannes …«, presste ich heraus.

Er gab mir einen flüchtigen Kuss auf die Nasenspitze. »Bitte«, sagte er leise. Ich nickte wieder.

Er strich mir übers Haar. »Braves Mädchen.«

Ein Blick auf die Uhr, ein Aufschrei: »Hoppla, muss los!«, und weg war er. Ich sah ihm hinterher und wischte mir verstohlen die Tränen weg.

Die nächsten Wochen waren die Hölle. Ich dachte ununterbrochen an ihn. Ich konnte nicht lernen, nicht schlafen, kaum etwas essen. Dauernd war mir übel. Als ich es nicht mehr aushielt, wählte ich Wiebkes Nummer, zum ersten Mal seit langem. Ich musste einfach mit jemandem über Hannes und mich reden. In Frankfurt hatte ich sonst niemanden, dem ich mein Herz hätte ausschütten mögen, und meine Eltern wollte ich mit meinem Kummer nicht belasten. Sie waren so glücklich, dass ich glücklich war.

Wiebke hob nach dem ersten Klingeln ab.

»Ja, hallo?«, schnurrte sie in den Hörer. Sexy. Wiebke hatte eine tiefe, leicht heisere Stimme.

»Ich bin's, Heide«, stotterte ich.

Pause. Dann meinte sie zu mir: »Ich hatte jemand anderen erwartet.« Das Schnurren war gänzlich aus ihrer Stimme verschwunden.

»Ich … ich dachte, wir könnten vielleicht einen Tee zusammen trinken, wenn du Zeit hast. Mal wieder miteinander reden. Mir … mir geht's nicht so gut, weißt du …«

»Hannes?«, fragte sie sachlich.

»Mmmhm.«

Sie seufzte. »Ich bin nicht der richtige Ansprechpartner für dich, Heide. Tut mir Leid.«

Ich setzte zum Sprechen an, verschluckte mich, musste husten.

»Heide …«, sagte Wiebke. »Rede mit Hannes.«

»Aber …«, fing ich an.

»Tu's einfach«, gab sie zurück und hängte ein.

Ich warf zwei Groschen ein und wählte wieder ihre Nummer, plötzlich so voller Zorn auf sie, dass ich am liebsten durch die Leitung gekrochen wäre, um sie zu erwürgen.

»Nur eine einzige Frage«, sagte ich mühsam beherrscht, als sie abnahm. »Behandelt man so seine Freundin?«

Sie seufzte wieder, eine Mischung aus Ungeduld und Mitleid. »Heide. Es tut mir Leid, ehrlich. Aber ich kann nicht anders.«

Diesmal war ich diejenige, die einhängte. Ich zitterte am ganzen Körper, die Tränen liefen mir über die Wangen. Mir war zum Sterben elend. Abserviert von der besten Freundin, einfach so am Telefon. Hannes hatte keine Zeit für mich, seit Wochen nicht. Oder wollte er nur keine Zeit für mich haben? Mein Kopf schmerzte, mir war übel, die Brüste taten mir weh, im Unterleib spürte ich ein schmerzhaftes Ziehen. Meine Periode war überfällig, schon seit über zwei Wochen, obwohl sie normalerweise regelmäßig kam. Bestimmt würde sie einsetzen, jetzt gleich, und ich stand hier herum und hatte keinen Tampon dabei. Warum eigentlich nicht? Ein blondes Mädchen mit einem dicken roten Schal um den Hals trommelte an die Tür der Telefonzelle. »Bist du jetzt endlich fertig oder willst du bis Weihnachten da rumstehen?«, brüllte sie.

Wie in Trance ging ich an ihr vorbei Richtung Innenstadt. Graue Häuserzeilen, graue Straßen, grauer Himmel, von dem wässrige Schneeflocken fielen. Ich sehnte mich nach unserem kleinen Haus in Kirchmünden, nach dem Garten, der selbst im Winter schön war, nach den Vögeln am Futterhaus, den Rehen, für die meine Mutter in der Obstwiese Heu auslegte. Am allermeisten sehnte ich mich nach meinen Eltern. Noch vier Tage bis zum Wochenende. Ich würde heimfahren. Alles wäre wieder gut. Heute Abend, wenn ich mich beruhigt hatte, würde ich Hannes anrufen und ihm sagen, wie sehr ich ihn vermisste. Dass ich ihn sehen musste, wenigstens ab und zu; dass ich seine Stimme am Telefon hören wollte. Sein Arbeitseifer und die Klausuren in allen Ehren – aber ein klitzekleines bisschen Zeit für den Menschen, den man liebte, das war doch nicht zuviel verlangt. In einem Café bestellte ich einen Kamillentee und ging gleich auf die Toilette, um mir notfalls Klopapier in den Slip zu stopfen. Kein Blut. Immer noch kein Blut. Es konnte nicht sein ... oder doch?

Ich zahlte den Tee, den die Bedienung gerade auf den Tisch stellte, und ging, ohne ihn anzurühren.

Wie lange lief ich ziellos in der Stadt umher, in dem verzweifelten Versuch, einen klaren Gedanken zu fassen? Ich weiß es nicht mehr. Ich weiß nur noch, dass ich stehen blieb, als im grauen Häusereinerlei ein rosa verputztes auftauchte. Es wirkte so freundlich mit seinen weißen Fenstersimsen. Neben der Eingangstür war ein großes Messingschild angebracht: *Dr. med. Hilda Gansheim, Fachärztin für Gynäkologie.*

Das Herz klopfte mir bis zum Hals, als ich hineinging.

Ich war schwanger.

Das Drama nahm seinen Lauf. Ich gönnte mir den Luxus einer Taxifahrt zurück zum Wohnheim. Ich war erschöpft, hin und her gerissen zwischen widersprüchlichen Gefühlen. Da mischte sich die Erleichterung, nun Bescheid zu wissen, mit Angst. Angst vor Hannes' Reaktion, Angst vor der Zukunft. Aber ich freute mich auch, war glücklich, ein Baby zu erwarten – Hannes' Baby. Ich lehnte mich im Lederpolster des Wagens zurück, faltete die Hände über meinem nicht vorhandenen Bauch und machte mir Mut: Gut, es war sehr früh passiert, es würde schwierig werden mit dem Studium. Aber meine Eltern würden mir helfen, und gab es nicht eine Kinderkrippe an der Uni? Irgendwie, irgendwie würden wir es schaffen, Hannes und ich. Wir würden einfach früher heiraten, andere Studentenpaare schafften es doch auch mit Kind.

Als das Taxi vor dem Wohnheim hielt, hatte ich mich beinahe selbst überzeugt. Dann sah ich Hannes vor dem Eingang stehen, mit hochgeklapptem Mantelkragen. Neben ihm Wiebke. Sie trug ihren blauen Dufflecoat, die langen Haare waren unter einer kanariengelben Bommelmütze versteckt. Sie hatte einen Arm um Hannes' Hüfte geschlungen und schmiegte sich an ihn. Ich dachte: Das ist nicht wahr. Nicht Wiebke. Ich bin es, zu der er sich jetzt hinunterbeugt, ich bin es, die er küsst …

Wiebke und ich saßen auf dem Bett, so weit auseinander, wie es nur ging. Hannes hockte unbehaglich auf meinem Schreibtischstuhl, der einzigen anderen Sitzgelegenheit. Sie hätten mit mir sprechen wollen auf meinen Anruf bei Wiebke hin, erklärten sie. Ich sei nicht da gewesen, wie gut, dass ich doch noch gekommen sei, nun könne man es endlich hinter sich bringen. Sie seien zusammen, seit über einem Monat schon, es sei die ganz große Liebe, die sie völlig überraschend getroffen habe.

Ich saß da, stumm und erstarrt, und muss wohl furchtbar ausgesehen haben, denn beide erkundigten sich mehrmals, ob ich vielleicht ein Glas Wasser wolle? Oder mich hinlegen? Ich schüttelte den Kopf. Sprechen konnte ich nicht; ich hatte die Zähne so fest zusammengebissen, dass die Kiefermuskeln schmerzten.

»Ich mag dich wirklich, Heide«, sagte Hannes. »Ich hab's nicht übers Herz gebracht, dir die Wahrheit zu sagen. Deshalb die Ausrede mit dem Lernen. Ich dachte, du verlierst die Geduld und machst von dir aus Schluss.« Er senkte den Kopf. »Das war feige von mir. Bitte verzeih mir.«

»Es tut mir Leid, dass ich heute Nachmittag am Telefon so ekelhaft zu dir war«, sagte Wiebke leise. »Aber … ich hab mich echt beschissen gefühlt. So ein Stress, diese Heimlichtuerei die ganze Zeit.«

Sie sahen mich erwartungsvoll an. Was wollten sie von mir? Ich konnte es ihnen von den Augen ablesen. Nichts weniger als die Absolution. Ja, ich sehe ein, dass die Liebe eine Himmelsmacht ist, sollte ich sagen. Gegen große Gefühle ist kein Kraut gewachsen, ihr seid unschuldig wie neugeborene Lämmer. Deshalb verzeihe ich euch, dass ihr mir das Herz gebrochen habt, klar tue ich das. Ich bin doch Heide, die liebe Heide, die für alles Verständnis hat. Heide hat ein Herz aus Gold, o hoppla, ist ja kaputt, das Ding, macht nichts, kann man kleben. Mit Mühe bekam ich die Kiefer auseinander.

»Ich bin schwanger«, krächzte ich.

Hannes hielt eine Rede aus dem Stegreif, nachdem er den ersten Schock überwunden hatte. Dass ich schwanger sei, sei echtes Pech, ändere aber nichts. Selbst wenn er und Wiebke nicht … also, selbst wenn wir noch zusammen wären, er und ich … mit gerade mal fünfundzwanzig fühle er sich zu jung für ein Kind. Nur eine Lösung käme in Frage, für alle Beteiligten das Beste. Unter Garantie bekäme ich eine soziale Indikation!

Sie sahen mich flehend an.

Ich sagte ganz ruhig: »Ich treibe nicht ab. Nie und nimmer.«

Hannes öffnete den Mund und wollte etwas sagen, doch Wiebke hielt ihn zurück. Sie stand auf, ging zum Stuhl und legte einen Arm um seine Schultern. »Es ist *ihr* Leben. *Ihre* Entscheidung.«

»Aber …«, fuhr Hannes auf. Sie legte ihm einen Finger auf die Lippen. Ich hätte ihn gerne abgehackt, den Finger mit dem rot lackierten Nagel. Wir sahen uns an, Wiebke und ich. Sie hatte mir Hannes weggenommen, sie würde ihn auffressen vor Liebe, so wie sie es bei den anderen auch gemacht hatte. Dann würde sie Hannes ausspucken wie einen Kirschkern und sich den Nächsten nehmen. Sie schlug die Augen nieder. »Ich hoffe, dass wir irgendwann mal wieder Freunde sein können«, murmelte sie. »Wir alle drei.«

Es klang wie auswendig gelernt und nahm mir in seiner grenzenlosen Dummheit den Atem.

Ich ließ mich aufs Bett zurückfallen und starrte zur Decke. Sie flüsterten etwas miteinander, die Tür öffnete sich, fiel ins Schloss. Ich war allein. Ich zog meine Stiefel aus und kroch angezogen unter die Decke. Bevor mir die Augen zufielen, dachte ich an meine Eltern. Morgen würde ich nach Kirchmünden fahren und mit ihnen sprechen. Sie würden nicht begeistert sein, aber sie würden mir helfen. Alles wird gut, sagte ich in Gedanken zu meinem Baby, alles wird gut.

Ich sah meine Eltern nicht mehr wieder. Als ich mich am nächsten Morgen in den Zug nach Kirchmünden setzte, waren sie schon tot. Der nette junge Polizist hielt meine Hand, als ich am Küchentisch saß und weinte. Auf dem Weg zur Arbeit, sagte er. Glatte Fahrbahn, ins Schleudern geraten auf der Brücke kurz vor dem Altenheim. Geländer durchbrochen, in die Tiefe gestürzt. Beide sofort tot. Weitere Angehörige, die verständigt werden müssen?

»Nur meine Schwester«, flüsterte ich. Irene, die zu dieser Zeit gerade in Berlin lebte. Unsere Eltern hatten schon lange ihren Frieden mit dem Zigeunerleben ihrer ältesten Tochter gemacht. Als Irene kurz nach ihrem achtzehnten Geburtstag vorbeischneite, mit einer Mappe voll Hochglanzaufnahmen, auf denen sie seltsam blass und nichtssagend aussah, sagte mein Vater nur seufzend: »Reisende soll man nicht aufhalten. Ich wünsch dir viel Glück, Rene.« Meine Mutter steckte ihr Geld zu, das Irene nicht annehmen wollte. »Ich jobbe bei Mac Donald's«, verkündete sie stolz. »Und nebenbei bewerbe ich mich bei Model-Agenturen. Wahrscheinlich ziehe ich bald nach München. Oder Hamburg.«

Bei der Beerdigung hielten wir uns an den Händen. Sie hielt meine Hand in der Nacht, als ich mit Blutungen und Krämpfen mit Blaulicht ins Krankenhaus geschafft wurde. Sie hielt meine Hand, als es vorbei war und ich nicht aufhören konnte zu weinen. Sie weinte mit. Sie fuhr mit mir nach Frankfurt, als ich mich exmatrikulierte und mein Zimmer im Wohnheim kündigte.

»Frankfurt hat mir nur Unglück gebracht. Ich geh nicht mehr weg aus Kirchmünden«, sagte ich. »Bleib doch auch.«

Sie schüttelte den Kopf. »Ich halt's nicht aus hier, das weißt du doch. Ich halt's überhaupt nirgendwo lange aus.«

Ich schluckte. »Und wenn das Geld alle ist?«

Sie zuckte die Schultern und lächelte. »Ich find schon irgendeinen Job. Bis jetzt bin ich immer durchgekommen, oder?«

»Bist du traurig, weil es mit dem Modeln nicht geklappt hat?«

Wieder lächelte sie und zuckte die Schultern. »Ach Gott. Der Traum war schnell ausgeträumt. Sie haben mir knallhart gesagt, dass ich nicht fotogen bin. Manche Leute sehen auf Fotos besser aus als im wirklichen Leben, ich gehöre leider nicht dazu. Aber ich hab Katmandu gesehen, Goa, das Tadsch Mahal bei Vollmond. Ich bin durch die Türkei getrampt und durch Marokko.«

Sie zog an ihrer Zigarette und blies den Rauch zur Nase wieder heraus. Ihre Augen glänzten. In ihren Träumen war sie schon wieder unterwegs.

Als mit dem Erbe alles geregelt war und sie wieder in Berlin war, wollte ich von der Brücke springen. Von derselben Brücke, von der meine Eltern in die Tiefe gestürzt waren. Ich wollte den Schmerz nicht mehr fühlen, der mein ganzes Leben beherrschte. Es war ein scharfer, trockener Schmerz, ich hatte keine Tränen mehr. Es war Frühling, ich wollte sterben und sah aus dem Fenster auf den Garten, Mutters ganzer Stolz, und dachte: Nein, unmöglich. Du kannst nicht einfach abhauen aus dem Leben, ehe du nicht Ordnung gemacht hast. Hecke schneiden und die Obstbäume, die Beete hacken, wenigstens das. Der Garten soll gepflegt aussehen, dann kann Irene das Haus besser verkaufen, wenn ich tot bin.

Ich schnitt und hackte. Dann musste ich unbedingt ein paar Radieschen säen, ein paar Kräuter. Und ein bisschen Salat und dies und das, der Garten sollte Frucht tragen, wenigstens er. Ich rackerte von früh bis spät, es gab soviel zu tun, keine Zeit, von der Brücke zu springen. Der Schmerz war immer noch da, aber ich empfand ihn nicht mehr als fremd und beängstigend. Er gehörte zu mir. Abends fiel ich todmüde ins Bett und schlief – was für eine Erleichterung – wie ein Stein.

Als der Garten wieder in Schuss war, fiel mein Blick auf die Tapete im Wohnzimmer. Rotgold gestreift, sie hatte mir nie gefallen, und Irene auch nicht. Also runter damit, her mit weißer Rauhfaser. Die Sonne schien durch das große Fenster auf strahlendes Weiß. Ich renovierte das gesamte Erdgeschoss. Im ersten Stock nur mein Zimmer und das Bad. Das Schlafzimmr meiner Eltern und Irenes Zimmer ließ ich unangetastet. Eines Abends – es war noch hell und eine Amsel sang – saß ich auf der Bank vor dem Haus und dachte, dass ich jetzt Zeit hätte, um mich von der

Brücke zu stürzen. Ich musste noch einen Abschiedsbrief an Irene schreiben und ihr erklären, warum ich nicht mehr leben wollte. Ich würde ihn an ihre alte Adresse in Berlin schicken, obwohl sie zurzeit durch die USA reiste.

Bunte Postkarten waren in den letzten Wochen ins Haus geflattert: sie zeigten die Freiheitsstatue, Alligatoren in Sümpfen, die Golden Gate Bridge, Kakteen in der Wüste, Disneyland. *Hi, little sister,* Herzchen, *love you, wish you were here,* schrieb Irene. Auf der letzten Karte – aus New Orleans – endlich mehr: *Die Stadt ist voller Musik. Ich denke oft an Mama und Papa und dein armes Baby und muss weinen. Dann wieder bin ich voller Leben und Erwartung. Es gibt immer wieder einen Anfang. In Liebe, deine Irene.*

Der Himmel färbte sich blaugrau. Die Amsel sang in die Dämmerung hinein und ich erklärte Irene im Geiste, warum ich mich partout von der Brücke stürzen wollte. Weil unsere Eltern tot waren. Weil ich mein Baby verloren hatte. Weil Hannes, meine große Liebe, mich betrogen, belogen und verlassen hatte. Weil Wiebke, die ich für meine Freundin gehalten hatte, mich verraten hatte. Weil das Leben wehtat und ich nicht wusste, was ich damit anfangen sollte.

Ich hörte Irenes Lachen und ihre Stimme: Es gibt immer wieder einen Anfang. Und da wusste ich, dass ich weiter die Vögel singen hören wollte. Ich wollte die blütenüberschäumten Bäume im Obstgarten sehen und den Wind im Gesicht spüren.

Anfang September – ich arbeitete mittlerweile in der Gärtnerei Enners – rief überraschend Peter an, Wiebkes Ex und Hannes' Kumpel.

»Wollte mal hören, wie's dir so geht«, sagte er verlegen. Mich beschlich der Verdacht, dass Hannes Peter vorgeschickt hatte, um sich zu erkundigen, ob das Kind mittlerweile da war.

»Meine Eltern sind gestorben, Ende letzten Jahres«, gab ich zurück.

»Das ... das wusste ich nicht«, stotterte er. »Tut mir Leid, ehrlich. Und ... und ...«, er schluckte vernehmlich, »ähm, das Baby?«

»Hat Hannes dich gebeten, dich für ihn zu erkundigen, Peter?« erkundigte ich mich kalt.

»Ja!« Es klang erleichtert. »Du warst auf einmal aus Frankfurt verschwunden, und da dachte er ... wir dachten ...«

»Das war im Dezember. Heute haben wir den 2. September.«

Er räusperte sich. »Heide, die ganze Sache tut ihm furchtbar Leid. Und Wiebke auch. Sie wollen heiraten nächsten Monat, weißt du? Er ... er ... ach Mist, was soll das Drumrumgerede. Er will wissen, ob's dir und dem Baby gut geht. Und ob er irgendwas für dich tun kann.«

»Hannes ist ein Feigling. Und ein Scheißkerl. Wiebke wird noch ihr blaues Wunder erleben, und ich gönne es ihr von Herzen«, sagte ich und legte auf.

Dass sie heiraten wollten, brachte mich fast um. Ich musste Hannes und Wiebke noch einmal sehen. Etwas zwischen uns musste gesagt werden, wenn ich auch noch nicht wusste, was.

Ich rief die Auskunft und dann die beiden an. »Ich will mit euch reden. Ein letztes Mal«, unterbrach ich Wiebke mitten in ihrem gekünstelt freudig-überraschten Gesprudel.

»Moment«, sagte sie. »Ich geb dir Hannes ...«

Mein Herz setzte einen Schlag aus, als ich nach ein paar langen Sekunden seine aufgeregte Stimme hörte. »Heide! Willst du vorbeikommen? Bringst du ... bringst du das Kind mit?«

Ich holte tief Luft. »Ich komme Sonntag gegen Mittag. Gib mir die Adresse.«

Er tat es, eifrig wie ein kleiner Junge. Ganz in der Erwartung einer großen Versöhnung. »Du, komm zum Essen. Wir kochen was. Ich bin so froh, dass du dich gemeldet hast. Wir wollen reinen Tisch machen, ja?«

Ich legte auf. Wie kann man reinen Tisch machen, wenn man kotzen muss vor Hass? Ich rannte ins Bad und übergab mich.

Ich war sehr ruhig am Sonntag. Ich zog meine beste Jeans an und eine rosa Bluse, die mir gut stand, ich nahm sogar ein bisschen Lippenstift und Wimperntusche. Die Wohnung befand sich in Frankfurt-Bornheim, im siebten Stock eines Hochhauses. Hannes machte mir die Tür auf. Hannes, in Levis und einem weißen Hemd mit hochgekrempelten Ärmeln. Er sah gut aus, braungebrannt, und lächelte mich so strahlend an, als ob ich eine liebe Tante sei, die einen Sonntagsbesuch machte.

»Heide!«, rief er und beugte sich vor, als wolle er mich umarmen. Ich wich zurück. Er grinste verlegen und streckte die Hand aus. Ich übersah die Hand und sagte: »Guten Tag, Hannes.«

Das dämpfte ihn. »Komm doch rein«, murmelte er verlegen.

Die Küche war hell und gemütlich. An einem Tisch aus Kiefernholz saß Wiebke, ganz treusorgende Hausfrau, und putzte Pilze. Zwei Gläser und eine halb leere Flasche Wein deuteten darauf hin, dass die beiden sich Mut angetrunken hatten. Wiebke stand auf, als Hannes und ich eintraten. Sie wischte sich die erdigen Hände an der Schürze ab. Ausgerechnet Wiebke, die sich von Dosenravioli und Tütensuppen zu ernähren pflegte und nur alle Jubeljahre einmal zum Putzlappen gegriffen hatte, trug nun eine Schürze! Früher einmal hätte ich darüber lachen können. Jetzt stieg der Hass, von dem ich glaubte, ihn in Kirchmünden zurückgelassen zu haben, in mir hoch. Wie konnte sie es wagen, so eine Hausmütterchen-Show vor mir abzuziehen! Ein Blick in mein Gesicht, und sie ließ sich wieder auf ihren Stuhl plumpsen.

Ganz schön mollig war sie geworden, in ein paar Jahren würde sie wie eine Matrone aussehen.

»Hallo, Heide«, flötete sie. »Setz dich doch. Ein Glas Wein? Zu Mittag gibt's Pilze. Hannes und ich waren gestern Nachmittag mal wieder im Taunus und haben gesammelt.«

Ganz die souveräne Gastgeberin. Am liebsten hätte ich ihr eine runtergehauen.

»Ich wusste gar nicht, dass du was von Pilzen verstehst«, sagte ich kühl.

»Tu ich auch nicht«, gab sie zu. »Aber Hannes kennt sich prima aus.«

»Das stimmt«, verkündete Hannes stolz. Wem er das zu verdanken hatte, verriet er nicht. Wiebke lächelte ihn zärtlich an und schnippelte einen Steinpilz in eine Glasschüssel.

»Ich werde nicht zum Essen bleiben«, sagte ich. Hannes hatte sich hingesetzt, neben Wiebke. Sie sahen zu mir hoch – ich stand immer noch –, und dann fiel ihnen endlich auf, dass ich allein war. Ohne Baby.

»Ähm«, machte Hannes. »Das Baby?«

»Mein Baby ist tot«, sagte ich hart. »Ich hatte eine Fehlgeburt.«

Sie schlugen die Augen nieder. »Tut mir Leid«, kam es von Wiebke.

»Tut mir Leid. Echt«, kam es von Hannes.

Was für erbärmliche Würstchen sie doch waren, die zwei. Tut mir Leid, tut mir Leid. Wie Kleinkinder, die sich bei Mami entschuldigten, weil sie unartig gewesen waren, in der sicheren Erwartung, dass Mami ihnen verzeihen und alles wieder gut sein würde. Aber ich war nicht ihre Mami. Nichts war gut.

Ich starrte schweigend auf die noch ungeputzten Pilze, die auf Zeitungspapier ausgebreitet dalagen. Die weißen da, junge

Exemplare mit eiförmigem Hut, hatten eine weiße, zerrissene Volva an der Stielbasis. Schnell sah ich weg. Hannes trank einen Schluck Wein, dann sagte er: »Setz dich doch, Heide. Bitte. Lass uns in Ruhe über alles reden.«

Wiebke nahm einen der weißen Pilze, säbelte den Stiel samt Volva ab, schnitt den Hut in der Mitte durch und warf ihn in die Schüssel. Ich öffnete den Mund, um etwas zu sagen, dann klappte ich ihn wieder zu. Wiebke setzte ein gönnerhaftes kleines Lächeln auf und meinte: »Ich glaub es ist besser, wenn ich euch ein bisschen allein lasse. Damit ihr euch aussprechen könnt.« Sie stand auf. Hannes machte ein erschrockenes Gesicht, ganz offensichtlich behagte ihm die Aussicht, mit mir allein gelassen zu werden, kein bisschen. Feigling.

Und da hörte ich meine Stimme, sehr ruhig: »Nicht nötig. Es gibt nichts zu sagen. Das ist mir eben klar geworden.«

Wie erleichtert die beiden waren, dass ich ihnen zum Abschied freundschaftlich die Hand schüttelte und ihnen viel Glück wünschte. Sie würden es brauchen können.

Ich erfuhr es von Peter, eine Woche später. Völlig aufgelöst berichtete er mir, dass Wiebke und Hannes nach vier qualvollen Tagen im Krankenhaus gestorben seien. An Knollenblätterpilzvergiftung. Und Wiebke sei im vierten Monat schwanger gewesen, stammelte er ins Telefon. Eine Tragödie.

»Ja«, sagte ich leise. »Eine Tragödie …«

5

Silvia

Ich sah mir gerade zusammen mit Großmutter einen Krimi im Fernsehen an, als das Telefon klingelte.

»Silvia! Endlich!«, sagte Heiner dramatisch am anderen Ende der Leitung.

»Wer ist dran?«, erkundigte sich Großmutter laut, ohne die Augen vom Bildschirm zu wenden.

»Heiner«, gab ich zurück.

Sie wedelte entsetzt mit der Hand. »Geh bitte in ein anderes Zimmer, ja?«

Gehorsam begab ich mich mit dem Mobiltelefon in die Küche. Mit Heiner hatte ich noch kein Wort gewechselt. Vielleicht würde er ja einhängen, wenn ich ihn lange genug warten ließ?

Die große, schwarz-weiß geflieste Küche war im Gegensatz zum Rest des Hauses mit seinen schweren Möbeln, düsteren Tapeten und dunklen Samtportieren vor den Fenstern ein anheimelnder Ort. Ein riesiger Eisschrank brummte vor sich hin, an den in einem zarten Apricot gestrichenen Wänden hingen blank geputzte Kupferpfannen und -töpfe. Blütenweiße Raffgardinen zierten das Fenster mit der Kakteensammlung auf dem Fensterbrett. Die Küche war Frau Nägeles Reich, aber trotzdem der Raum, in dem ich mich am liebsten aufhielt.

Ich legte das Telefon auf den Küchentisch. Auf einem hübsch bestickten Mitteldeckchen prangte ein brauner Krug mit Sonnenblumen aus dem Garten. Ich saß hier mit einer Tasse Kaffee und blätterte in Frau Nägeles *Bild der Frau*. Es störte mich nicht im Geringsten, wenn sie herumwerkelte. In der Küche vergaßen wir, dass wir uns nicht leiden konnten. Ihr gefiel es, wenn sie Gesellschaft hatte, und ich mochte die geschäftige Atmosphäre, wenn sie Gemüse putzte oder auf dem Ungetüm von Gasherd kochte.

Ich schlenderte zum Kühlschrank. Großmutter und ich hatten Wein zum Abendessen getrunken, es war noch eine halbe Flasche da, die ich eigenhändig wieder kaltgestellt hatte. Nachdem ich mir ein Glas geholt hatte, setzte ich mich an den Tisch und schenkte mir ein. Das Telefon lag noch da, wo ich es deponiert hatte, und Heiners Stimme quakte: »Silvia? Silvia! Herrgott noch mal, was machst du denn?«

Ich trank einen Schluck und ließ ihn genüsslich auf der Zunge zergehen. Dann griff ich zum Apparat.

»Ja?«

»Endlich!«, raunzte er.

»Das hast du eben schon mal gesagt«, antwortete ich kühl. »Was willst du?«

Sofort schaltete er auf einen vorwurfsvollen Jammerton um. Er sei am Boden zerstört, und ich, ich sei kalt wie eine Hundeschnauze. »Du haust ab ohne ein Wort, ins gemachte Nest, und lässt mich einfach mit dem ganzen Schlamassel sitzen!«

»Es ist dein Schlamassel, nicht meiner«, erinnerte ich ihn. »Und ich habe dich nicht einfach sitzen lassen. Ich habe dir einen Brief geschrieben.«

Er schnaubte. »Schöner Brief!«

Ganz nüchtern war er nicht, das hörte ich an Stimme und Zungenschlag, aber er war weit davon entfernt, betrunken zu sein. Wahrscheinlich hatte er das hinter sich, was er als »Degenhard-Kur« bezeichnete. Wenn er zu viel getrunken hatte, aber noch irgendetwas anlag, pflegte er sich den Wecker zu stellen, und für ein, zwei Stunden ins Bett zu verschwinden. Nach dem Aufwachen schluckte er ein paar Aspirin, trank eine Kanne Kaffee und lutschte eine mit Salz bestreute Zitrone aus. Wenn er nicht so blau war, dass er das Klingeln des Weckers überhörte, brachte ihn das wieder auf die Beine.

»*Meine Großmutter braucht mich*«, zitierte er ironisch.

»Als ob du je einen Gedanken an den geizigen alten Drachen verschwendet hättest!«

»Wo sollte ich denn sonst hin mit den paar Pfennigen, die ich noch in der Tasche habe? Hast du wirklich geglaubt, ich halte es auch nur eine Sekunde unter einem Dach mit deiner Mutter aus? Wo wir gerade von Drachen reden?«

»Meine Mutter ist kein Drachen«, sagte er gekränkt. Das stimmte. Sie war ein graues Mäuschen, das ununterbrochen versuchte, es jedem recht zu machen, und einen mit ihrer Umstandskrämerei und ihrem Putzfimmel zum Wahnsinn treiben konnte.

»Also gut. Sie ist kein Drachen«, korrigierte ich. »Aber ich kann ihr nicht den ganzen Tag beim Staubwischen zusehen und mit ihr darüber diskutieren, ob sie nun Kochfisch in Senfsoße oder Apfelpfannkuchen zum Abendessen kredenzen soll!«

»Es wär doch nur für ein paar Wochen gewesen. Bis ich wieder einen Job habe«, sagte er traurig.

Mitleid stieg in mir auf, obwohl ich es gar nicht wollte. »Was hat Krause gesagt?«

Er seufzte. »Er denkt an mich, falls mal etwas frei werden sollte.«

»Und sonst?«

Wieder das Seufzen. »Alle denken an mich. Alle guten Kumpel. Wenn mal was frei werden sollte … klar denken wir an dich,

Heiner, altes Haus. Und demnächst müssen wir mal unbedingt wieder einen trinken gehen. Ich ruf dich an.«

Don't call us, we call you. Das alte Spiel. Heiner hatte es früher auch ganz gern gespielt, wenn irgendein armer Wurm ihn um einen Gefallen bat.

»Das tut mir Leid, Heiner«, sagte ich.

»Es wird schon werden«, unterbrach er mich mit gespielter Zuversicht. »Vielleicht ist es wirklich ganz gut, dass du vorerst bei deiner Großmutter bleibst. Ich kann dir ja nichts bieten im Moment ...«

Vorerst? Dieses Gespräch driftete in die falsche Richtung. Er hatte doch schwarz auf weiß, dass ich nicht zu ihm zurückkommen würde. So bin ich nun mal. Wenn die Liebe tot ist bei mir, kann nichts sie wieder zum Leben erwecken.

»Silvia? Bist du noch dran?«

»Ja ...« Warum tat er mir so Leid? Warum brachte ich es nicht fertig ihm zu sagen, dass ich morgen zu Oskar Kummeth gehen würde, um die Scheidung einzureichen?

»Du ... du könntest mir nicht zufällig ein bisschen Geld leihen? Ich hab Sozialhilfe beantragt, nur für den Übergang, bis ich eine Stelle habe. Ich war ja selbständig, da kriegt man kein Arbeitslosengeld, bloß Sozialhilfe ...« Er schluckte, lachte nervös. »Mensch, Silvia. Es ist mir so peinlich.«

Es war mehr als peinlich. Es war furchterregend. Sozialamt. Sozialhilfe. Das letzte Auffangnetz für gescheiterte Existenzen, pflegte mein Vater zu sagen. Ein Abgrund gähnte vor mir, ich hatte grässliche Angst hineinzustürzen. Ein falscher Schritt, und man zappelte im Elend. Niemand hatte mich darauf vorbereitet, dass das Leben so sein konnte.

»Ach, Heiner«, sagte ich. »Ich hab doch selbst nichts.«

Das verschlug ihm erst mal die Sprache. Dann brach es aus

ihm heraus: »Aber deine Großmutter ist steinreich, Herrgott noch mal! Und du bist ihre einzige Enkelin!«

Bitterkeit stieg in mir hoch, ich musste sie mit einem Schluck Wein hinunterspülen. »*Großmutter* ist steinreich. *Ich* bin arm wie eine Kirchenmaus. Jedenfalls, solange sie lebt.«

»Aber sie zahlt dir doch bestimmt eine, hm, Apanage?«

»Bisher hat sie noch keine Anstalten gemacht«, gab ich wahrheitsgemäß zurück.

Schweigen am anderen Ende der Leitung. Ich hörte förmlich, wie Heiners Gehirnwindungen knirschten und krachten, sie liefen auf Hochtouren. Schließlich sagte er ruhig und sachlich: »Silvia, ich habe dir einen geschäftlichen Vorschlag zu machen. Bitte triff dich mit mir. Morgen.«

Ganz der Agenturchef, und er hörte sich auf einmal sogar stocknüchtern an. Aber ich verspürte nicht die geringste Lust auf Verhandlungen mit Heiner und griff zur Holzhammermethode: »Tut mir Leid. Morgen gehe ich zu unserem Anwalt. Ich will die Scheidung.« Da, jetzt hatte ich es ausgesprochen.

Zu meiner Überraschung schrie er weder Zeter und Mordio, noch brach er in Tränen aus. Er sagte: »Nehmen wir mal an, deine Großmutter fällt morgen tot um und du beerbst sie … du müsstest mir Unterhalt zahlen, weißt du das?«

Kein Wort davon, dass eine Scheidung ihm das Herz brechen würde, dass er ohne mich nicht leben könne. Einerseits war ich erleichtert, dass er keine Szene machte, andererseits kränkte mich seine Gefühllosigkeit. Schnippisch gab ich zurück: »Großmutters Arzt hat mir versichert, dass sie hundert werden kann. Pech gehabt, Heiner.«

»Und wenn der Arzt sich nun irren würde? Wenn sie nur noch kurze Zeit zu leben hätte … sehr kurze Zeit?« Er lachte leise. »Was wäre dir das wert, Herzchen, hm?«

Gänsehaut kroch mir den Rücken hoch, mein Herz schlug einen Trommelwirbel. Verstand ich ihn richtig? Schlug er mir gerade einen *Mord* vor? Heiner, der Mann mit dem ich (noch) verheiratet war, der meines Wissens keiner Fliege etwas zuleide tun konnte?

»Du mußt jetzt nichts sagen«, bemerkte Heiner seelenruhig. »Denk in Ruhe nach. Wenn du dich mit mir treffen willst ... Du hast ja meine Handynummer.«

Mit zitternden Fingern drückte ich auf die grüne Taste des Mobiltelefons.

Ich trank mein Glas aus und schenkte mir nach. Die Flasche war leer. Der alte Kühlschrank brummte noch genauso laut vor sich hin wie eben. Die Kakteen auf dem Fensterbrett waren noch da, die Sonnenblumen in dem Krug vor meiner Nase. Und doch war alles anders geworden. Dunkle Schatten lauerten in den Ecken, und in meinem Kopf flüsterte es: »Was wäre es dir wert? Was wäre es dir wert?«

Als ich ins Wohnzimmer kam, schaltete Großmutter gerade den Fernseher aus. Ich legte das Mobiltelefon auf die Station und setzte mich neben sie in einen Sessel.

»Das war aber ein langes Gespräch«, bemerkte sie.

»Ja.«

Sie sah mich forschend an. »Du bist so blass. Worüber habt ihr gesprochen?«

Ich glaube, wir haben über Mord gesprochen, Großmutter. Aber ganz sicher bin ich mir nicht. Vielleicht ist ja nur die Phantasie mit mir durchgegangen, und ich habe gehört, was ich hören wollte ...

»Hauptsächlich über die Scheidung«, sagte ich. »Wir ... wir werden uns in aller, hm, Freundschaft trennen.«

Das freute Großmutter. Nur keine schmutzige Wäsche waschen, immer alles schön unter den Teppich kehren, so ging man in unserer Familie mit Problemen um. »So? Das ist gut. Der junge Mann hat also doch einen Funken Anstand im Leib. Kummeth wird sich schon um alles kümmern.«

Ich fasste mir ein Herz. »Großmutter ... könnte ich wohl ein monatliches Taschengeld bekommen? Du weißt ja, dass Heiner nicht in der Lage ist, mir Unterhalt zu zahlen.«

Sie sah mich misstrauisch an. »Ist er dich etwa auch um Geld angegangen, Silvia? Ein Mann, der seine Geschäfte nicht ordentlich führen und sich und seine Frau nicht ernähren kann, bekommt keinen Pfennig von mir, das lass dir gesagt sein!«

»Nein, Großmutter, wirklich nicht. Er hat nicht um Geld gebeten. Und es, äh, tut mir Leid, dass er heute Nachmittag am Telefon betrunken war und sich dir gegenüber vergessen hat.«

Warum log ich eigentlich das Blaue vom Himmel herunter? Großmutter war jedoch besänftigt. »Das will ich hoffen!« Plötzlich lächelte sie und tätschelte meine Hand. »Du wirst einmal eine sehr wohlhabende junge Frau sein, wenn ich nicht mehr bin. Auch wenn Frau Nägele eine Viertelmillion in Wertpapieren bekommt.«

Mir blieb beinahe das Herz stehen. Eine Viertelmillion? Zweihundertfünfzigtausend Mark. Das durfte doch nicht wahr sein. Irgendwie schaffte ich es, meine Gesichtszüge und meine Stimme unter Kontrolle zu halten. »Du bist sehr großzügig zu Frau Nägele«, sagte ich ruhig.

Großmutters Lächeln vertiefte sich. »Sie hat es verdient.«

Sollte das ein Vorwurf sein, dass ich mich erst spät im Leben auf meine Pflichten als treu sorgende Enkeltochter besonnen hatte?

Großmutter gähnte hinter vorgehaltener Hand und warf einen Blick auf ihre brillantbesetzte Armbanduhr, die Großvater ihr Anno 1935 zur Hochzeit geschenkt hatte. »Halb elf schon. Zeit zum Schlafen gehen.«

Kein Wort zum Thema Taschengeld. Wie elegant sie sich aus der Affäre gezogen hatte. Wenn ich mal nicht mehr bin, dann, ja dann wirst du eine sehr wohlhabende junge Frau sein, Silvia. Aus diesen Worten sprach, allen Gesetzmäßigkeiten des Lebens zum Trotz, ein unerschütterlicher Glaube an die eigene Unsterblichkeit. In diesem Moment wünschte ich mir sehnlich, dass Geiz Hautausschläge verursachen würde. Der Gedanke an Großmutter, vom Haaransatz bis zu den Zehenspitzen mit juckenden roten Pusteln bedeckt, brachte mich auf eine Idee.

»Ach, Großmutter ... würdest du mir morgen noch mal das Auto leihen? Ich muss zum Sozialamt.«

Großmutter zuckte zusammen, als hätte ich ein unanständiges Wort benutzt. »Sozialamt? Was um alles in der Welt willst du auf dem Sozialamt?!«

Gar nichts, Großmutter. Eher würde ich mich von der Autobahnbrücke stürzen, als auch nur einen Fuß ...

Ich räusperte mich. »Nun ... es ist mir sehr peinlich ... aber ich werde wohl Sozialhilfe beantragen müssen. Ich habe keinerlei Einkünfte, und Heiner kann mir ja, wie du weißt, keinen Unterhalt zahlen.«

Großmutter starrte mich an, als hätte ich den Verstand verloren. »Ja, aber ... wozu brauchst du denn Geld? Du wohnst hier, isst hier, kannst meinen Wagen haben, wenn du möchtest. Deine Garderobe ...« Sie beäugte wohlwollend mein elegantes weißes Kostüm – »ist komplett. Du hast doch alles. Und wenn du etwas brauchst, kannst du es mir sagen.«

»Was ich brauche, ist eigenes Geld. Ich möchte nicht wegen jedem Tiegel Make-up, jedem Buch, jedem Kinobesuch zu dir kommen müssen.«

Plötzliches Verständnis zeigte sich in Großmutters Gesicht. »Ja, natürlich. Du hast vollkommen Recht. Du bist eine erwachsene Frau und brauchst ein bisschen Nadelgeld. So hat man das zu meiner Zeit genannt.«

Sie überlegte einen Moment, dann sagte sie zögernd: »Ich habe hohe Ausgaben jeden Monat. Frau Nägele, der Gärtner. Heizung, Strom, Lebensmittel, Versicherungen, das Auto … alles wird ständig teurer. Aber zweihundert Mark … das müsste gehen.«

Plötzlich war ich sehr müde. Ich wollte nur noch ins Bett fallen, die Decke über die Ohren ziehen. Ich wollte nicht mehr herumdiskutieren, ich wollte nicht mehr betteln. Ich wollte nicht mehr denken.

»Silvia?«

Ich schrak zusammen. Großmutter sah mich ängstlich an. »Ist alles in Ordnung? Du siehst so seltsam aus.«

»Ich bin nur müde.«

Sie stand sofort auf. Ich half ihr die Treppe hinauf. Es gab auch einen Treppenlift, den sie aber nicht gern benutzte. »Man muss sich bewegen, solange man kann«, pflegte sie zu sagen. »Wer rastet, der rostet.«

Wir verabschiedeten uns mit einem förmlichen »Gute Nacht« vor der Tür ihres Schlafzimmers.

Ich konnte nicht einschlafen. Ich zählte Schäfchen, und als das nichts half, stand ich auf und ging ins Bad. Großvater hatte es vor einigen Jahren modernisieren lassen und keine Kosten gescheut, damit es auf die Bedürfnisse alter Menschen zugeschnitten war. Edle Fliesen von Villeroy & Boch, eine Spezialbadewanne, die leichtes Ein- und Aussteigen ermöglichte, blitzende Haltegriffe überall. In dem riesigen Spiegelschrank hortete Großmutter ihre Medikamentenvorräte. Zwischen Rheumasalben,

Herzpillen, Abführtees, Aspirin und Stärkungspräparaten aller Art fand ich, was ich suchte: Schlaftabletten. Als ich Großmutter erzählt hatte, dass ich manchmal schlecht schliefe, besonders bei Vollmond, sagte sie stolz: »Schlafprobleme kenne ich nicht. Ich nehme vor dem Zubettgehen immer eine Rohypnol und schlafe wie ein Baby.«

Ich wollte in dieser Nacht auch schlafen wie ein Baby und folgte ihrem Beispiel. Mit dem Ergebnis, dass ich erst wach wurde, als Frau Nägele mich schüttelte wie ein Terrier eine Ratte.

Ich saß im Bett, rieb mir die Augen und bemühte mich, die Nebelschwaden in meinem Kopf aufzulösen. Ein Teufelszeug, diese Schlaftabletten.

Frau Nägele zog die Vorhänge vor dem Fenster zurück. Strahlender Sonnenschein fiel in das große Gästezimmer mit den klobigen Mahagonimöbeln und der Pfingstrosentapete. Es war sicher nicht einfach gewesen, ein Muster in so deprimierenden Rottönen zu finden, aber Großmutter hatte es geschafft.

»Frau Brandt hat sich Sorgen um Sie gemacht!«, sagte die Nägele vorwurfsvoll.

Mein Mund war trocken, mein Schädel brummte. »Wie viel Uhr ist es denn?«

Die Nägele pflanzte sich mit verschränkten Armen vor mir auf. Die dicken Brillengläser blitzten. »Gleich gibt's Mittagessen!«

Na und? Dachte ich gereizt, schlug die Bettdecke zurück und stand auf. Zu schnell. Alles drehte sich, ich musste mich wieder hinsetzen.

»Ich hab mir gleich gedacht, dass Sie einen Kater haben«, bemerkte die Nägele voller Befriedigung. »In der Küche stand eine leere Weinflasche.«

Zum Mittagessen gab es gegrillte Forelle, Butterkartoffeln und

Heides Kopfsalat mit Tomaten. Heide und ihr Gemüsegarten lieferten unverfänglichen Gesprächsstoff.

»Ein wunderbares Aroma haben die Tomaten«, lobte Großmutter, deren zierliche Figur nicht ahnen ließ, dass sie essen konnte wie ein Pferd. »Und der Salat … köstlich.«

»Biologisch-dynamisch angebaut und sicher nicht billig«, murmelte ich zwischen zwei Bissen.

»Wenn du regelmäßig bei deiner Schulkameradin einkaufst, gibt sie dir sicher Rabatt«, behauptete Großmutter. Ich seufzte. Aber der Gedanke, bei Heide einzukaufen, gefiel mir. Die Besuche würden ein bisschen leere Zeit füllen.

Am Nachmittag lieh ich mir den Jaguar und fuhr in die Stadt. Großmutter hatte bereitwillig die Schlüssel herausgerückt und sich auch gleich ihr Portemonnaie bringen lassen. Zwei nagelneue Hundertmarkscheine wechselten den Besitzer. »Kauf dir was Hübsches, Silvia«, sagte Großmutter huldvoll. »Und bring mir bitte Franzbranntwein und ein Kilo kernlose Trauben mit. Und da du schon unterwegs bist, schau doch noch mal bei deiner Schulkameradin vorbei. Am besten lässt du dir von Frau Nägele eine Liste geben, was sie an Salat und Gemüse für die nächste Woche braucht. Ach, und hast du einen Termin bei Kummeth vereinbart?«

Ich floh, ohne Frau Nägeles Einkaufszettel abzuwarten. Ich hatte auch keinen Termin mit dem Rechtsanwalt vereinbart. Die Nebelschwaden in meinem Kopf hatten sich verzogen, draußen schien eine goldene Septembersonne. Ich wollte durchs Städtchen bummeln, Schaufenster anschauen, in einem Café einen Cappuccino trinken, mich bewundern lassen. Ich hatte ein azurblaues Schnittkleid mit Blazer angezogen. Die Farbe ließ meine Augen leuchten und meine Haare besonders blond wirken.

Auf dem Schießplatz ganz in der Nähe der Fußgängerzone

stellte ich das Auto ab. In den letzten Jahren hatte man viel getan in Kirchmünden. Die Fachwerkhäuser in der Innenstadt waren restauriert worden und strahlten in neuem Glanz. Es gab etliche neue Geschäfte, darunter sogar zwei Modehäuser, deren Auslagen nicht ganz so provinziell waren, wie ich erwartet hatte. Und da, zwischen einer »Idea«-Drogerie, wo ich Großmutters Franzbranntwein besorgen konnte, und einem Zeitschriftenladen, den es schon zu meiner Schulzeit gegeben hatte, war Giuseppes Eissalon. Es gab sogar noch einen freien Tisch ganz vorne, von wo man einen guten Blick hatte. Ich nahm in undamenhafter Hast Platz, ehe mir jemand zuvorkommen konnte, und bestellte einen Cappuccino.

Nicht nur ich, ganz Kirchmünden schien an diesem schönen Tag bummeln zu gehen. Frauen in geblümten Viskosekleidchen, wie man sie in Frankfurt vor Jahren getragen hatte, flanierten vorbei; Mädchen in Schlaghosen und Buffalo-Turnschuhen mit Plateausohlen und bauchfreien Tops oder hautengen Stretchblüschen. Ein dicker Kerl in Shorts, mit überquellendem Bierbauch, braunen Socken und Sandalen, Hand in Hand mit einer drallen Mutti im Faltenrock verschlang mich mit Blicken; ein südländischer Typ in engen schwarzen Lederhosen und weißem Hemd blinzelte mir zu.

Ein großer, gutaussehender Junge mit dunklen, gewellten Haaren fiel mir auf. Er mochte neunzehn, zwanzig sein und trug mehrere Einkaufstüten mit dem Aufdruck eines Sportgeschäfts. An seinem anderen Arm hing eine kugelrunde kleine Person in einem unvorteilhaft langen und engen Kleid und redete eifrig auf ihn ein. Er ließ es mit Fassung über sich ergehen. Ganz bestimmt war sie nicht seine Freundin, sie war in meinem Alter, wenn nicht älter. Schulterlange blonde Haare erdrückten fast das braungebrannte, pausbäckige Gesicht. Mutter und Sohn? Ähnlich sahen sie sich nicht, aber vielleicht schlug der Junge ja dem Vater nach. Das ungleiche Paar blieb vor dem Eiscafé stehen, sah sich suchend um. Der Blick der Frau fiel auf die beiden freien Stühle an meinem Tisch. »Da, Martin«, sagte sie. »Ich frag mal, ob wir uns dazusetzen können.«

Diese Stimme, dachte ich, die kennst du doch … Die rundliche Person sah mich an, stutzte, kniff die Augen zusammen, riss sie wieder auf und schrie: »Ach Gott, Silvia! Bist du's?«

»Beate!«, rief ich. »Ach du meine Güte!«

Der Junge war Beates Neffe und gleichzeitig ihr Patenkind. »Morgen wird er zwanzig«, erklärte sie, während sie dem Kellner winkte, »und dafür haben wir bei Sport-Kreckel ein paar Sachen erstanden.«

Martin lächelte. Bis auf »Hallo« hatte er noch kein Wort gesagt. Es wäre ihm allerdings auch schwer gefallen, da Beate unentwegt plapperte. »Hach, wie die Zeit vergeht. Aus Kindern werden Leute. Meine beiden Jungs sind auch schon dreizehn und sechzehn. Eine wirklich schwierige Phase! Die wollen sich allein ihre Homeboy-Hosen und Nike-Basketballschuhe kaufen, finden's peinlich, wenn ich dabei bin. Mama, du bist peinlich! Das krieg ich ständig zu hören.« Sie strich mit ihrer molligen ringgeschmückten Hand über Martins Wange, was er sich gutmütig gefallen ließ. Offenbar war er über das Alter hinaus, in dem er Beate peinlich fand.

Beate hatte nun die Aufmerksamkeit des Kellners auf sich gezogen und bestellte einen Schwarzwälder Kirschbecher. Martin wollte eine große Portion Spaghettieis. Sodann bekam ich zu hören, dass Beate und ihr Mann gerade drei Wochen Malediven hinter sich hatten, ohne Kinder, die waren bei der Oma geblieben. »Zweite Flitterwochen«, strahlte sie. »Hartmut war sooo süß!« Ich dachte an meine geplatzte Seychellenreise, drei Wochen all-inclusive mit Tauchkurs, und schluckte.

Ich schluckte noch viel öfter, es war der pure Neid, den ich irgendwie loswerden musste. Denn Beate, sonst am Telefon die Jammertante vom Dienst, sprudelte über vor Glück. Sie hätten kürzlich ein Haus auf dem Ascheberg gekauft, sie sei dabei, es einzurichten. Ganz allein! Hartmut sei für so was gar nicht zu begeistern, aber er lasse ihr völlig freie Hand: neue Möbel, neue Gardinen, neue Küche, alles neu. Parkett sei natürlich schon vor dem Umzug gelegt worden, die Bäder habe sie auch renovieren lassen. Villeroy & Boch, sehr geschmackvoll. Die Gartenanlage wolle sie auch neu gestalten lassen, Enners habe ein sehr gutes Angebot gemacht. Jetzt überlege sie, ob sich nicht vielleicht ein Wintergarten hinter dem Haus gut machen würde.

Als sie Luft holte, sagte ich unschuldig: »Das ist aber schön! Hartmuts Kanzlei scheint ja sehr gut zu gehen.«

Beate errötete. »Ähm, ja. Und dann hat er geerbt.«

»Ach ja?«

Verlegen strich sie sich die Haare zurück. Sie waren heller als früher. Das Gesicht in kummervolle Falten gelegt, berichtete Beate nun, dass Hartmuts Mutter kürzlich gestorben sei. Er habe sehr an ihr gehangen und sie jeden Monat besucht. Zum Glück habe sie aber nicht lange leiden müssen. Ein Herzinfarkt – es sei alles ganz schnell gegangen.

»Wie alt war sie denn?«, warf ich ein.

»Neunundsiebzig«, sagte Beate.

Das Eis wurde serviert. Beate ergriff den Löffel und wollte loslegen, aber dann fiel ihr etwas ein. »Meine Güte, ich rede und rede nur von mir … jetzt erzähl du doch mal! Was führt dich denn nach Kirchmünden nach all den Jahren?«

»Ich wohne wieder hier. Solange meine Großmutter mich

braucht«, sagte ich ernst. »Sie ist vierundachtzig und gesundheitlich gar nicht auf der Höhe.«

Beate machte große Augen. »Ja, und dein Mann? Was sagt der dazu?«

»Er hat vollstes Verständnis«, gab ich lächelnd zurück. »Er kümmert sich ja selbst sehr liebevoll um seine alte Mutter in Frankfurt.« Ich erzählte ihr nicht, dass ich in Scheidung lebte. Noch war ich ja schließlich nicht beim Anwalt gewesen.

Beate und Martin verzehrten ihre Eisbecher. Martin schweigend, Beate ununterbrochen redend. Sie schwärmte von den atemberaubenden Sonnenuntergängen und weißen Sandstränden auf den Malediven, von ihren neuen Rattanmöbeln für den Wintergarten und den orangefarbenen Vorhängen fürs Wohnzimmer. Und immer wieder sagte sie: »Du musst *unbedingt* vorbeikommen, zum Kaffee, und dir alles anschauen!«

Schließlich schob sie den leeren Becher von sich, lehnte sich zurück und bestellte einen Espresso. »Koffein kurbelt den Stoffwechsel an. Damit die Kalorien schneller verbrannt werden«, erklärte sie mir treuherzig. Unwillkürlich glitt mein Blick über den Inhalt ihres zu engen Leinenkleides. Sie hatte eine Figur wie ein Schneemann: Kugel auf Kugel, und die kleinste Kugel auf einem kurzen dicken Hals war der Kopf. Und das war das Mädchen, das mal in Größe sechsunddreißig gepasst hatte. Beate presste die Lippen zusammen. »Du brauchst gar nicht so zu gucken! Es kann nicht jeder so eine Bohnenstange sein wie du ...«

Sie winkte dem Kellner. »Ich lad dich ein«, sagte sie. Sie zahlte und gab – großspurig – fünf Mark Trinkgeld. Seltsam, dass mir das auffiel. Ich hatte doch nie auf so etwas geachtet, nie.

Zum Abschied küsste Beate die Luft neben meinen Wangen. »Wir müssen uns ganz oft sehen, solange du hier bist!«, sagte sie. »Ich ruf dich an!«

Ich schüttelte Martins große, warme Hand und ging in die Drogerie, um Franzbranntwein für Großmutter zu besorgen.

Als ich in einer langen Schlange an der Kasse anstand, musste ich an Heiner denken, als wir frisch verliebt unsere Wohnung einrichteten. Heiner hatte sich für alles begeistert, ganz im Gegensatz zu Beates Mann. Er lag mit Hingabe zwei Dutzend Sofas Probe, unzählige Betten, diskutierte ernsthaft die ästhetischen Vorzüge von Glastischen, begutachtete Teppiche und Gardinenmuster, durchstreifte mit mir Antiquitätenläden auf der Suche nach genau der richtigen Art-déco-Silberschale für die Anrichte aus Kirschholz. Wir stöberten in sämtlichen Frankfurter Galerien nach »dem« Bild fürs Esszimmer, ehe wir bei Arte Giani fündig wurden. Es handelte sich um ein großformatiges Ölgemälde von Johann Georg Geyger in gedämpften Erdfarben – »Susannes Garten«. Eine silhouettenhaft dargestellte Frauengestalt, auf einen Rechen gestützt, betrachtet abstrakte Blumen in einem Beet. Es ist eine stille Szene, die etwas Geheimnisvolles hat. Heiner und ich sahen das Bild und sagten wie aus einem Mund: »Das ist es!«

Heiner fragte nicht nach dem Preis des Gemäldes. Er fragte nie nach dem Preis. Dass ihn etwas teuer zu stehen kommen könnte, kam ihm nie in den Sinn. Ich würde ihn anrufen, heute noch.

6

Silvia

Ich hatte es so eilig, nach Hause zu kommen, um meinen Entschluss in die Tat umzusetzen, dass ich Großmutters kernlose Weintrauben vergaß. Erst als ich schon auf die Ringstraße eingebogen war, die hinauf zum Galgenberg führt, fielen sie mir wieder ein. Also fuhr ich wieder zurück in die Stadt, suchte mir erneut einen Parkplatz und stand geduldig Schlange bei einem griechischen Gemüsehändler in der Fußgängerzone. Schließlich hatte die alte Dame sich etwas gewünscht, eine Kleinigkeit nur, es wäre grausam von mir, ihr die kleine Freude zu versagen. Ich hatte plötzlich ein so großes Bedürfnis, Großmutter Gutes zu tun, dass ich sogar erwog, doch noch schnell bei Heide vorbeizufahren und Obst frisch aus dem Garten zu besorgen.

Aber dann fiel mir ein, dass Heide ja heute Nachmittag Sprechstunde hatte. Alte Damen würden in der »Apotheke« sitzen und über Zahnfleischentzündungen, Schnupfen oder Sodbrennen klagen. Oder sie würden auf der Gartenbank in der Sonne warten, bis sie an die Reihe kamen. Mein Bedarf an alten Damen war gedeckt; außerdem würde Heide keine Zeit für mich haben. Ich würde morgen hinfahren, nachdem ich mich mit Heiner getroffen hatte, oder vorher.

Großmutter erkundigte sich nach meiner Rückkehr selbstverständlich zuerst nach dem Wohlergehen des Jaguars, dann nahm sie zufrieden Franzbranntwein und Trauben entgegen. Sie drückte mir sogar einen Zwanzigmarkschein in die Hand, um mir meine Auslagen zu erstatten, und verzichtete auf die Herausgabe des Wechselgelds. Das hatte ich nicht erwartet, und es gab mir einen Stich.

Sie war so alt und sah aus, als könne ein Windhauch sie davonpusten. Sie konnte nicht aus ihrer Haut, so wie niemand aus seiner Haut kann, ich auch nicht, und warum versuchte sie es auf einmal, jetzt, wo es zu spät war?

»Du hast Frau Nägeles Liste vergessen«, bemerkte Großmutter mit leichtem Vorwurf.

»Tut mir Leid«, gab ich zurück. »Ich rufe gleich Heide an und mache für morgen einen Termin mit ihr aus.«

»Ich möchte noch ein bisschen in der Sonne sitzen und lesen«, sagte Großmutter. Ich verfrachtete sie in einen Liegestuhl auf der Terrasse, legte ihr das Kaschmirplaid über die Füße, holte ihr ein Glas Orangensaft, die Lesebrille und ihr Buch. Es war *Schlafender Tiger* von Rosamunde Pilcher, in Großdruck.

Ich erinnere mich, dass ich an der Terrassentür stehen blieb und mich umdrehte. Großmutter hatte ihr schmales, runzliges Gesicht der Sonne zugewandt. Ihre Augen waren geschlossen, das Buch lag aufgeschlagen in ihrem Schoß.

Es war nach fünf, ich konnte mich darauf verlassen, Frau Nägele nicht mehr zu Gesicht zu bekommen. Die Küche duftete nach dem gedeckten Apfelkuchen, der zum Abkühlen neben der Spüle stand. Wie flüssiges Gold fiel die Nachmittagssonne durchs Fenster. Ich saß am Tisch. Neben mir das Telefon, vor mir ein Becher mit Kaffee und ein Glas Amaretto. Der Likör schmeckte süß, nach Mandeln und Sommer. Die Sonnenblumen im Krug waren verschwunden. Frau Nägele hatte frische Dahlien aus dem Garten hingestellt. Daneben lag ein Zettel. *2 kg Tomaten,* stand da in einer ordentlichen, kindlichen Schrift. *1 Blu-*

menkohl. 3 Zucchini. 2 Kopfsalate. 1 kg Zwiebeln. 2 Salatgurken. 1 kg Möhren. Dill, Schnittlauch, Petersilie. Obst nach Angebot.

Wo sollte ich mich mit ihm treffen? Nicht in Kirchmünden, ich wollte nicht, dass uns jemand zusammen sah. Irgendwo im Wald? In einer Kirche? Ach, sollte er sich doch den Kopf darüber zerbrechen. *Er* war doch derjenige welcher …

Heiner meldete sich nach dem zweiten Klingeln.

»Morgen Nachmittag halb drei?«, sagte ich ohne Präliminarien.

»Gut«, gab er gelassen zurück.

»Wo?«

»Autobahnraststätte Schmalsfeld. Eine Ausfahrt hinter Kirchmünden. Auf dem Parkplatz«, kam es wie aus der Pistole geschossen zurück. Er klang nüchtern. Und entschlossen.

»Gut«, sagte ich.

»Ach, und Silvia …« Er hörte sich belustigt an.

»Ja?«

»Ich hab gewusst, dass du anrufst.«

Heides Stimme am Telefon klang warm und fröhlich. Sie freute sich, Großmutter zu ihren Kundinnen zählen zu dürfen. Ich gab ihr Frau Nägeles Liste durch.

»Obst hab ich im Moment keins«, bedauerte Heide.

»Goldparmänen gibt's ab Mitte September, die anderen Apfelsorten und die Birnen werden erst im Oktober reif.«

»Kann ich die Sachen morgen Nachmittag bei dir abholen?«, fragte ich.

»Klar. Ich bin sowieso den ganzen Tag im Garten«, sagte sie, und es klang, als würde sie sich darauf freuen. Ich sah sie vor mir in ihren alten Jeans, mit erdverkrusteten Schuhen, wie sie

Tomaten pflückte und behutsam in einen Korb legte. Die Katzen Thymian und Rosmarin strichen schnurrend um ihre Beine. Der Friede eines goldenen Spätsommertages lag über dieser Szene. In diesem Moment wünschte ich mir, dass ich auch die letzten zwanzig Jahre meines Lebens damit zugebracht hätte, mir einen Garten Eden im Miniaturformat zu schaffen. Lamm und Löwe friedlich nebeneinander. Eintritt für Schlangen verboten.

Heiner stand neben einem pflaumenblauen Opel Vectra Variant. Er trug einen leichten dunkelblauen Einreiher, weißes Hemd, Krawatte. Die Sonne glänzte auf seinen feinen blonden Haaren. Auf den ersten Blick wirkte er wie damals, als wir uns kennenlernten, auf einer Party. Wie einer, der es im Leben zu etwas gebracht hatte.

Als er den Jaguar heranrollen sah, winkte er. Ich fuhr in die benachbarte Parklücke. Er öffnete die Beifahrertür und stieg ein. Als er sich zu mir hinüberbeugte, um mir einen Kuss auf die Wange zu geben, roch ich seine Bierfahne und drehte das Gesicht zur Seite. »Du hast getrunken«, sagte ich.

»Ich hab eben in der Raststätte ein Würstchen gegessen und mir ein Bier dazu gegönnt. Na und?«, verteidigte er sich.

Ich musterte ihn. Bis auf den Anzug war nichts mehr wie damals auf der Party. Da hatte er gerade zwei Wochen Skiurlaub hinter sich, war braungebrannt und sprudelte über vor Energie, weil er sich endlich aus einer langjährigen, unglücklichen Beziehung gelöst hatte. Er wich den ganzen Abend nicht von meiner Seite. Er füllte meinen Teller am kalten Büfett, holte mir Champagner. Wir tanzten, ich fühlte mich wohl in seinen Armen. Er brachte mich nach Hause. »Ich bin offen für eine neue Liebe«, sagte er zum Abschied und küsste mich leicht auf die Lippen.

Dann bat er mich seltsam förmlich um ein Rendezvous. Und das war der Moment, in dem ich wusste, dass ich mich verliebt hatte.

Der Heiner neben mir im Auto war blass, als sei er wochenlang nicht an die frische Luft gekommen, sein Gesicht war müde und aufgedunsener denn je, die Augen gerötet und verquollen. Scharfe Falten zogen sich von der Nase zum Mund. Niemand, der ein Auge für die Aura des Erfolgs hatte, konnte ihn noch für einen Mann halten, der es zu etwas gebracht hatte.

»Du wolltest mir einen geschäftlichen Vorschlag machen«, sagte ich.

Er zog eine Augenbraue hoch und grinste. »Hier? Oder wollen wir einen Kaffee trinken gehen?«

»Hier.«

»Recht hast du. Hier drin ist es viel schöner als in dem schmuddeligen Rasthof. Und die Kiste da drüben«, er machte eine Handbewegung zu dem Vectra hinüber. »Na ja. Das hier …« Er strich liebevoll über das weiche Leder des Sitzes, »ist ganz was andres! Aber ich will nicht klagen. Besser als zu Fuß gegangen.«

»Und besser als der Corsa, den du neulich hattest.«

Er zuckte die Schultern. »Alles Vorführwagen. Karsten organisiert das.«

Ich schwieg. Ich hatte meine Frage gestellt. Jetzt war er dran. Er lehnte sich im Sitz zurück, verschränkte die Arme im Nacken. »Ich habe jemanden aufgetan, der sich auf die Beschaffung falscher Papiere spezialisiert hat.«

»So?« Vor der Nase des Jaguars, auf dem Bordstein, befand sich eine überquellende Mülltonne. Überall waren Wespen. Schwirrende Wespen, krabbelnde, landende, startende. Ich schüttelte mich und wandte mich Heiner zu.

»Ich dachte an ein neues Leben als wohlhabender, unbescholtener Mann. Mit Schnurrbart, Brille und dunklen Haaren. In Brasilien vielleicht.«

»Wie dieser Baulöwe? Der Schneider?«

»Der saß mit Glatze und Hawaiihemd in Florida. Fehler Nummer eins. Fehler Nummer zwei: Er hat sich schnappen lassen. Mich würden sie nicht kriegen. Wahrscheinlich würden sie mich noch nicht mal jagen. Ich bin doch bloß Peanuts.«

Ich wartete. Heiner lehnte sich noch weiter zurück, streckte sich, gähnte. Es wirkte einstudiert. Katz und Maus, fuhr es mir durch den Kopf. Heiner spielte Katz und Maus mit mir. War es zu fassen? Der hatte vielleicht Nerven.

Eins war sicher: Seine Nerven waren besser als meine. Das Schweigen, die Hitze im Auto, die wimmelnden Wespen an der Mülltonne, der Gedanke an das, was ich hören wollte, machten mich nervös.

Ich räusperte mich. »Jetzt sag schon, was du zu sagen hast.« Zu meinem Entsetzen merkte ich, dass meine Stimme zitterte.

Er setzte sich gerade hin und sah mir in die Augen. »Es ist doch ganz einfach, Silvia. Du bekommst etwas von mir, und dafür bekomme ich etwas von dir.«

»Was?«, fragte ich, obwohl ich es wusste.

»Du bekommst eine tote Großmutter«, sagte er sanft. »Ich bekomme eine Million.«

Mir blieb fast das Herz stehen. »Eine Million! Bist du wahnsinnig?«

Er packte mich so fest am Arm, dass es wehtat. »Vielleicht bin ich zum ersten Mal im Leben bei Verstand!«

»Du tust mir weh!«, fauchte ich.

Er ließ sofort meinen Arm los. »Entschuldige.«

Ich sah Schweißperlen auf seiner Stirn, auf der Oberlippe. Er zog ein Taschentuch aus der Hosentasche, wischte sich übers Gesicht.

»Heiß hier drin.« Aber er machte keine Anstalten, ein Fenster herunterzukurbeln. Genauso wenig wie ich.

»Ich hab verdammt viel nachgedacht in letzter Zeit«, sagte er ruhig. »Ich habe tatsächlich jemanden aufgetan, der mir falsche Papiere besorgen könnte. Aber weißt du, was ich festgestellt habe?«

Ich schüttelte stumm den Kopf.

»Ich will in Frankfurt bleiben. Ich will allen zeigen, dass ich's noch mal schaffe. All den miesen, arroganten Typen, die keinen Finger für mich rühren ...«

»Aber ...«, sagte ich schwach.

Er hob eine Hand. »Lass mich ausreden. Ich hab mir alles genau überlegt. Ich habe noch ungefähr zweihunderttausend Mark Schulden. Eine Million – damit bin ich die Schulden los und kann mich bei einer Agentur einkaufen. *Ad Concept* – sagt dir das was?«

Ich schüttelte den Kopf.

»Eine kleine Agentur in Bockenheim, aber gute Leute, gute Etats. Wollen expandieren, suchen einen liquiden Partner.«

»Woher weißt du das?«

Er zuckte die Schultern. »Joe's Bar.«

Natürlich. Joe's Bar. Das Mekka der Werbeszene. Nirgendwo wurde mehr gesoffen und getratscht.

»Ich will wieder arbeiten, Silvia«, sagte er eindringlich. »Ganz von vorn anfangen. Ich weiß, dass ich es kann!«

Mein Mund war auf einmal so trocken, dass ich kaum schlucken konnte. »Und wie?«, flüsterte ich.

Er erklärte es mir.

»Nein!«, sagte ich entsetzt. »Das kann ich nicht.«

Er sah mich mitleidig an. »Nicht du. Ich.«

»Aber was ist, wenn der Arzt Verdacht schöpft und die Polizei holt? Ich will nicht ins Gefängnis, das halt ich nicht aus. Kein Brandt geht ins Gefängnis, mein Vater …«

Ich konnte nicht weitersprechen. Mein Herz klopfte wie verrückt, die cremefarbene Leinenhose, das schwarze Seidenshirt klebten mir am Körper.

»Jetzt hör mir doch zu! Es kann gar nichts passieren. Eine vierundachtzigjährige Frau liegt eines Morgens tot in ihrem Bett. Nichts, absolut nichts deutet darauf hin, dass sie eines gewaltsamen Todes gestorben ist. Euer Hausarzt schreibt Herzversagen auf den Totenschein, ohne zweimal hinzusehen. Darauf kannst du Gift nehmen.«

Seine Wortwahl war unglücklich. Ich fing an zu zittern, meine Zähne klapperten.

»Woher willst du das wissen?«, brachte ich schließlich heraus.

Er seufzte. »Sie erstickt, Silvia. Wenn sie an Herzversagen sterben würde, würde sie auch ersticken. Durch ein Lungenödem. Sie bekäme keine Luft mehr. Ich weiß, wovon ich rede. Mein Großvater ist so gestorben.«

»Das … das wusste ich gar nicht«, stotterte ich, nur um etwas zu sagen.

»Nein. Es ist schon lange her.«

Eine Wespe hatte sich verirrt und krabbelte auf der Windschutzscheibe herum. Heiner zog sein Taschentuch heraus und tupfte sich den Schweiß von der Stirn.

»Wie bist du … darauf gekommen?«

Er grinste schwach. »Es stand letztens mal was in der Zeitung, über einen Mord im Altenheim. Erinnerst du dich?«

Ich schüttelte den Kopf. Ich las selten die Tageszeitung, das wusste er genau.

»Da war eine alte Dame. Die hatte eine Bettnachbarin, die nachts ständig randalierte. Offensichtlich hatten die Beruhigungsspritzen, mit denen man in Pflegeheimen so großzügig ist, um unbequeme Patienten ruhig zu stellen, bei dieser Oma die gegenteilige Wirkung. Sie plapperte und sang oder weinte und wimmerte, je nach Stimmungslage, und unsere alte Dame bekam kaum ein Auge zu. Irgendwann hatte sie genug. Sie wollte die unliebsame Zimmergenossin loswerden. Als die sangesfreudige Oma mal kurz eingenickt war, schnappte sich die alte Dame ein Kopfkissen und drückte es der Nachbarin aufs Gesicht. Nur wehrte sich das Opfer im Todeskampf so heftig, dass Gesicht und Arme der alten Dame Kratzspuren aufwiesen. Die Zeitung war so freundlich darauf hinzuweisen, dass ohne diese Kampfspuren der Mord unentdeckt geblieben wäre, da man von Herzversagen ausgegangen wäre.«

Die Wespe auf der Windschutzscheibe hatte Gesellschaft bekommen. Eine zweite landete und inspizierte den Scheibenwischer. Plötzlich war ich ganz ruhig. Ich dachte an eine alte Dame, die nachts schlief wie ein Murmeltier. Was kein Wunder war, weil sie vor dem Zubettgehen eine Rohypnol nahm. Es war kein Mensch aus Fleisch und Blut, an den ich dachte, es war eine Figur aus einem Thriller.

Mitten in der Nacht – die alte Dame, ihre Enkelin und die Haushälterin, die mit im Haus wohnen, schlafen tief und fest – betritt ein Mann eine alte Villa. Durch die Hintertür in der Küche, die ausnahmsweise nicht abgeschlossen ist. Der Mann kennt sich aus. Er schleicht die Treppe hoch, schlüpft ins Schlafzimmer der alten Dame. Er weiss, wo das große Doppelbett aus Messing steht, das sie zweiundsechzig Jahre mit ihrem Mann geteilt hat. Jetzt liegt sie allein darin, sie ist seit einem Jahr verwitwet. Doch auf der Seite, wo ihr Mann immer schlief, ist alles, wie es zu seinen Lebzeiten war. Kissen, Einziehdecke und Matratze sind mit feinster irischer Leinenbettwäsche bezogen, die jede Woche gewechselt wird. Ein schwacher Lavendelduft steigt dem Mann in die Nase, als er das unbenutzte Kissen nimmt und es der alten Frau aufs Gesicht drückt. Das Opfer wehrt sich, aber es ist alt und schwach, und es hat eine starke Schlaftablette genommen. Der Mann ist groß und kräftig. Es ist schnell vorbei. Im Schein einer Taschenlampe schüttelt der Mann das Kissen auf, legt es wieder an Ort und Stelle; bettet die Tote zurecht. Dann verschwindet er auf demselben Weg, auf dem er gekommen ist.

»Es könnte funktionieren«, sagte ich zögernd.

»Es *wird* funktionieren«, gab er zurück.

»Und Frau Nägele? Sie wohnt oben im zweiten Stock. Was, wenn sie aus irgendeinem Grund in einer bestimmten Nacht im Haus herumgeistert?«

Er zuckte die Schultern. »Die Wahrscheinlichkeit ist ziemlich gering, oder?«

Ich starrte ihn an. »Du machst mir Angst«, flüsterte ich.

Sein Mund verzog sich zu einem schiefen Lächeln. »Stell dir einfach vor, dass ein langes, erfülltes Leben nun zu Ende geht.«

Ich stellte es mir vor. Ein langes Leben – ob es erfüllt gewesen war, konnte ich nicht beurteilen – ging zu Ende. Meines würde beginnen. Daran war nichts Erschreckendes. Es war der Lauf der Welt.

Wir schrieben ein Drehbuch, Heiner und ich. Wir legten den Handlungsablauf fest, sprachen alles durch, bis ins kleinste Detail: Morgen Nacht sollte es losgehen. Die Enkelin würde eine Schlaftablette nehmen. Wenn sie aufwachte, war alles vorbei. In absehbarer Zeit würden eine Million Mark den Besitzer wechseln. Ich verbuchte sie im Geist unter Produktionskosten. Der

Film würde wesentlich mehr einspielen, als er gekostet hatte, da war ich ganz sicher. Auch die Nägele und ihre zweihundertfünfzigtausend – darüber hatte ich Heiner kein Wort gesagt – würde ich verschmerzen können.

Hoffentlich.

Totenblume
(Calendula officinalis)

Vor langer, langer Zeit in einem unbekannten Land soll einmal ein Mann von den Toten auferstanden sein. Es trug sich so zu: Eines Tages bedeckte sich sein Körper über und über mit roten Pusteln; er legte sich hin und starb. Die Frauen im Haus stimmten die Totenklage an, wuschen den Leichnam mit Ringelblumenessenz und salbten ihn mit einer Mischung aus Schaf-Fett und Ringelblumen. Und siehe da, plötzlich klärte sich die Haut und ward rein, und der Mann schlug lächelnd die Augen auf. Seither wird Calendula officinalis auch Totenblume genannt.

Leider ließ sich der Trick nie wiederholen. Tatsächlich aber sind Ringelblumensalbe und Umschläge mit Tinktur altbewährt bei Akne, Ekzemen, Hautpilz, Insektenstichen, Entzündungen, schlecht heilenden Wunden, unschöner Narbenbildung. Tee aus getrockneten Blüten unterstützt die Heilung von Venenentzündungen und beugt Arteriosklerose vor. Ringelblumencreme macht raue Hände wieder zart und glatt. Ich lasse eine Hand voll getrocknete Blüten mit 100 ml Olivenöl zwanzig Minuten kochen. Dann filtere ich die Blüten heraus und presse den Satz aus, am besten in einem Mulltuch. Ich füge 20g Bienenwachs und 3 Tropfen Rosenöl hinzu und rühre gut durch. Die Menge reicht für ungefähr ein Marmeladenglas.

Heide Bertram

7

Heide

Heide arbeitete den ganzen Vormittag im Garten. Sie fing früh an, als die Luft noch kühl und dunstig war, und genoss es, dass die Sonne von Stunde zu Stunde mehr Kraft bekam, bis es fast sommerlich heiß war. Ganz früh, als noch Tau auf den Blättern glänzte, hatte sie den Kopfsalat für Silvias Großmutter gestochen und die Küchenkräuter geschnitten. Sie jätete Unkraut in den Beeten und erntete Gemüse für den Wochenmarkt, der am nächsten Tag stattfand. Salat und Kräuter würden morgen früh dazukommen. Den dicksten Blumenkohl, die schönsten Karotten, die zartesten Zucchini, die besten Gurken, die reifsten Tomaten legte sie für Silvias Großmutter zur Seite. Sie wog alles ab, schrieb eine Rechnung und überlegte, ob Silvia wohl einen Korb dabei haben würde oder eine Tasche. Höchstwahrscheinlich nicht, entschied sie. Sie holte den großen flachen Autokorb, den sie immer zum Supermarkt mitnahm, aus der Garage, und arrangierte das Gemüse wie ein üppiges Stillleben. Als sie fertig war, hatte sie das Gefühl, dass etwas fehlte, eine Kleinigkeit nur. Heide pflückte ein Sträußchen Ringelblumen und stellte sie in ein Väschen neben den Korb. Wenn Silvia kam, würde sie sie zum Kaffee einladen, sie hatte gestern Abend noch Streuselkuchen gebacken.

Sie freute sich darauf, in der Sonne zu sitzen und sich mit jemandem zu unterhalten, der zur Abwechslung keine Klagelieder singen würde. Die Sprechstunde gestern war gut besucht gewesen. Frau Becker kam mit den üblichen langatmigen Beschwerden über ihre Schwiegertochter, ihr Zahnfleisch und ihre Verdauung pünktlich um drei. Als sie eine halbe Stunde später mit Kamillentinktur und Kamillen-Gänsefingerkrauttee versehen, endlich ging, war Heide gereizt gewesen. Frau Becker auf dem Fuße folgte der alte Mann von gegenüber. Er benutzte eine Flasche Wacholderschnaps als Vorwand, um sich wie immer endlos über die Jugend von heute im Allgemeinen und seine undankbaren Kinder, die ihn so selten besuchten, im Speziellen zu beschweren. Der Nachbar hatte Heide immer Leid getan, er war einsam und verbittert, aber gestern dachte sie: Kein Wunder, dass seine Kinder ihn nicht besuchen mögen, so wie er herumgiftet, warum sollen sie sich das antun? Sie fertigte ihn ziemlich kurz ab. Es fiel ihr schwer; sie hatte ihm, wie allen anderen, über Jahre hinweg großzügig ihr Ohr geliehen. Aber als sie ihn endlich hinauskomplimentiert hatte, dachte sie: Ich mag mir nicht mehr endlos die gleichen Probleme anhören, es ändert nichts, wenn ich es tue. Im Gegenteil: je mehr Aufmerksamkeit ich ihnen schenke, desto mehr Raum nehmen sie ein. Die Leute machen aus jeder Mücke einen Elefanten, weil sie süchtig nach Zuwendung sind. Sie pressen alles aus mir heraus: Geduld, Mitgefühl, Verständnis, Sympathie. Wie ich mich dabei fühle, interessiert niemanden.

Als die Sprechstunde vorbei war, schenkte sich Heide ein Glas Wein ein und setzte sich auf die Gartenbank. Sie sah den Schwalben bei ihren Flugmanövern zu und dachte an Mischa, wie sie immer an Mischa dachte, wenn sie Schwalben sah. Das letzte Mal war er im Mai da gewesen, gut möglich, dass er bald kommen würde. Sie wusste nicht viel über ihn, selbst nach sechs Jahren nicht, und sie hatte festgestellt, dass sie gar nicht mehr wissen wollte. Wenn er da war, waren seine Küsse, sein Lachen, die Geschichten von der großen weiten Welt, die er in Heides Haus trug, genug. War er wieder fort, zehrte sie von der Erinnerung. Aber genügte ihr das wirklich? Heide ertappte sich bei dem Gedanken, wie es wohl sein mochte, einfach ein paar Sachen in eine Reisetasche zu packen und mit Mischa eine Weile unterwegs zu sein. Die Gräber sich selbst zu überlassen, das Haus, den Garten, die Katzen ... nein, die Katzen nicht, unmöglich, sie konnten nicht selbst für sich sorgen, aber alles andere lief auch ohne sie weiter.

Sie war nie weggewesen in all den Jahren. Der Gedanke an eine Reise ins Unbekannte war köstlich verlockend und jagte ihr gleichzeitig Angst ein.

Silvia kam, als Heide die Obstwiese gerade zur Hälfte gemäht hatte. Bei dem Birnbaum, der die »Köstlichen von Charneu« trug, blieb sie stehen und sah Heide zu. Heide trug Shorts und ein ärmelloses T-Shirt, ihre Arme und Beine waren braun. Die Haare hatte sie zu einem pinselähnlichen Gebilde hochgesteckt. Sie ging hinter dem lärmenden Rasenmäher her, ganz vertieft in ihr Tun, und wischte sich ab und zu mit dem Unterarm den Schweiß von der Stirn. Es roch nach frisch geschnittenem Gras und ganz leicht nach Benzin. Wind kam auf, fuhr durch den Birnbaum, der voller Früchte hing, die Blätter raschelten. Der Wind kühlte Silvias heißes Gesicht. Sie zupfte an ihrem verschwitzten Seidenshirt, der Leinenhose. Es tat gut, einfach dazustehen und darauf zu warten, dass Heide sie erspähen würde. Jetzt war sie am unteren Ende der Wiese angekommen, blieb stehen, drehte sich um. Als sie Silvia sah, strahlte sie, winkte und hantierte am Rasenmäher. Der Lärm verstummte. Leichtfüßig lief sie auf Silvia zu.

»Da bist du ja!«, rief Heide. »Wie wär's mit Kaffee und Kuchen?«

Sie gingen zum Haus. Heide erzählte von Rosmarin, die ihr in der Frühe eine tote Maus gebracht hatte. Dass sie Streuselkuchen gebacken habe, den Silvia hoffentlich möge? Silvia, die sehr blass war, hatte ein kleines, steifes Lächeln aufgesetzt und gab die passenden Antworten, aber Heide spürte, dass sie mit ihren Gedanken ganz woanders war.

In der Küche deutete Heide zum Tisch: »Die Bestellung für deine Großmutter. Die Ringelblumen«, sie zeigte auf das Sträußchen, »sind für dich.«

Silvias Lächeln hatte jetzt nichts Steifes mehr, ihr Gesicht wirkte jung und gelöst, als sie vorsichtig die Blütenköpfchen berührte. »Wie lieb von dir«, sagte sie und dachte an die von »Boutique des Fleurs« gelieferten Prachtgebinde aus Blumen der Saison, mit denen Max sie zu verwöhnen pflegte; an Heiners rote Baccararosen, die nach zwei Tagen die Köpfe hängen ließen. Sie selbst schenkte gern aufwändig gebundene Einzelblüten – Lilien, Amaryllis oder Strelitzien, deren Blüten aussahen wie exotische Vogelköpfe. Am allerliebsten mochte sie jedoch Orchideenrispen. Heides Ringelblümchen aus dem Garten waren bescheiden, aber sie leuchteten wie kleine Sonnen. Silvia würde sie in ihrem Zimmer auf den Nachttisch stellen und sie würden noch leuchten, wenn ein langes Leben zu Ende gegangen war.

Sie saßen am Gartentisch vor dem Haus in der Sonne, mit Kaffee und Mineralwasser und Streuselkuchen. Die schwarze Rosmarin lag neben Heide auf der Bank, Thymian hockte zu Silvias Füßen und ließ sich mit Streuseln füttern. Dann tauchte Fortuna auf, die Glückskatze, sie streckte sich auf den Steinplatten vor der Haustür lang aus und fing an, sich zu putzen. Silvia aß drei Stück Kuchen, sie wunderte sich, dass sie überhaupt etwas herunterbekam nach dem Gespräch mit Heiner, aber Tatsache war: Noch nie hatte ihr ein Kuchen so gut geschmeckt.

Heide war entzückt und wollte ihr ein viertes Stück aufnötigen, doch Silvia winkte lachend ab. »Nein, danke. Es passt beim besten Willen nichts mehr rein. Wo hast du so backen gelernt?«

»Meine Oma hat's mir beigebracht. Ich war neun, als ich zum ersten Mal ganz allein einen Marmorkuchen gebacken habe. Oma wohnte nur ein paar Straßen weiter, ich war oft bei ihr. Das Rezept für die Schokoladenkekse ist auch von ihr.«

»Hast du ... hast du sie geliebt?«, fragte Silvia.

Heide sah sie überrascht an. »Natürlich hab ich sie liebgehabt. Sehr sogar. Sie war doch meine Großmutter.«

»Väterlicherseits oder mütterlicherseits?«, wollte Silvia wissen.

»Oma Hanne war die Mutter meiner Mutter. Meine Großeltern väterlicherseits habe ich nie gekannt, sie sind kurz nach Irenes Geburt gestorben. Als ich ein Baby war, starb mein anderer Opa, Oma Hannes Mann. Oma zeigte mir gern Fotos von ihm und erzählte von früher. Sie waren sehr glücklich miteinander gewesen. Oma hatte einen Hund, den sie heiß und innig liebte. Einen kleinen Spitz, der Fiffi hieß. Irene und ich haben ihn oft spazieren geführt. Zur Belohnung drückte uns Oma fünfzig Pfennig in die Hand, und wir sind zum Laden an der Ecke gegangen und haben uns Lakritzschnecken geholt und Himbeerbonbons und Gummiteufel. Es gab alles einzeln zu kaufen, die großen Gläser standen auf der Ladentheke. Es hat immer lange gedauert, bis Irene und ich uns entschieden hatten. Ein Bonbon kostete zwei Pfennig, ein Gummiteufel oder Schnuller fünf.«

Silvia, die fasziniert zuhörte, nickte.

»Die Ladenbesitzerin hieß Frau Meyer«, fuhr Heide fort. »Sie wartete immer geduldig, bis wir ausgesucht hatten, dann packte sie unsere Schätze in kleine dreieckige Papiertütchen. Schnuckel-Tüten haben wir dazu gesagt, Irene und ich. Oma mochte die Himbeerbonbons, wir haben ihr immer zwei mitgebracht, für jede Backentasche eins. Ach, und im Winter, wenn wir nach dem Schlittenfahren so richtig durchgefroren waren, hat Oma Kakao gekocht und uns vorgelesen. *Die Kinder von Bullerbü*, das war mein Lieblingsbuch. Irene mochte *Pippi Langstrumpf* am liebsten.«

Heide lächelte, ganz in schöne Erinnerungen versunken. Dann sah sie Silvias Gesicht.

»Du guckst so ungläubig. Hat deine Großmutter dir nie vorgelesen?«

»Nein«, sagte Silvia.

Und dann erzählte sie in knappen Worten von den Geburtstagen, ersten Weihnachtsfeiertagen und Ostersonntagen mit den Großeltern. Heide sah das Kind vor sich, das Silvia einmal gewesen war, ein sehr hübsches, wohlerzogenes Mädchen, das vorgeführt wurde wie ein dressiertes Äffchen, damit Menschen Gesprächsstoff hatten, die nichts verband als die Tatsache, dass sie zufällig miteinander verwandt waren.

»Die Eltern meiner Mutter hab ich nie gekannt«, schloss Silvia fast entschuldigend. »Sie sind früh gestorben.« Heide trug die Platte mit den restlichen Kuchenstücken ins Haus und holte eine Flasche Prosecco aus dem Kühlschrank. Sie hatte immer welchen im Kühlschrank, Mischa trank ihn gern.

Sie stießen an. »Auf …«, sagte Silvia und überlegte.

»Das Leben?«, schlug Heide vor.

»Ja!«, sagte Silvia feierlich. »Auf das Leben. Auf ein neues Leben.«

Sie schwiegen. Es war ein freundschaftliches Schweigen. Jede hing ihren Gedanken nach, und die Gedanken drehten sich darum, wie ein neues Leben wohl aussehen könnte. Heide fuhr im roten Wohnmobil namens Emma durch eine südliche Landschaft. Neben ihr saß Mischa und pfiff stillvergnügt vor sich hin. Es war sehr heiß. Sie hatten das Fenster heruntergekurbelt, es roch nach Staub und Pinien; der Himmel war von einem strahlenden Blau, im trockenen Gras am Straßenrand sangen die Zikaden.

Silvia überlegte, wo sie bald wohnen würde. In London? Auf Ibiza? Oder sollte sie in Deutschland bleiben? Erst mal Urlaub machen, ehe sie eine Entscheidung traf? Wo? Mit wem? Ihre Gedanken verirrten sich zu einem bestimmten Ort in einer bestimmten Nacht, sie hörte das Summen der Bienen und Wespen im wilden Wein, es machte ihr Angst. Sie musste etwas in Worte fassen, in die richtigen Worte. Sie sagte: »Meine Großmutter wird bald sterben.«

Als sie Heides verblüfftes Gesicht sah, fügte sie hastig hinzu: »Sie ist sehr alt, schon vierundachtzig, sie hat ein schwaches Herz, und irgendwie habe ich das Gefühl ... glaubst du, dass man so was im Gefühl haben kann?«

»Ja«, gab Heide zurück. »Man kann vieles im Gefühl haben.«

»Lebt sie noch? Deine Oma Hanne?«

Heide schüttelte den Kopf. »Sie starb, als ich dreizehn war. Sie war dreiundsechzig und immer kerngesund gewesen. Meine Mutter hat sie gefunden. Sie lag im Gemüsebeet. Herzinfarkt.«

»Traurig«, sagte Silvia leise. »Und der Hund? Fiffi?«

»Fiffi war ein paar Wochen vorher von einem Auto überfahren worden. Oma hat so geweint. Ich hab oft gedacht, dass sein Tod ihr das Herz gebrochen hat.«

Silvia und die alte Frau saßen beim Abendessen. Frau Nägele hatte eine Platte mit kaltem Aufschnitt vorbereitet, dazu gab es

Weißbrot und Pumpernickel. Und einen Salat aus Heides Tomaten, eigenhändig von Silvia zubereitet. Während sie eine Vinaigrette aus Senf, Essig und Öl rührte, hatte sie die Hintertür im Auge. Sie war abgeschlossen, der Schlüssel steckte von innen, wie immer. Morgen Nacht würde nicht abgeschlossen sein. Absichtlich nicht, aber Silvia fragte sich, wie oft das schon unabsichtlich vorgekommen sein mochte.

Unglaublich, wie vertrauensselig ihre Großmutter und Frau Nägele waren. Ob es daran lag, dass das Haus zwei Weltkriege unversehrt überstanden hatte? Wie durch ein Wunder war auch noch nie eingebrochen worden, obwohl es keine Alarmanlage gab, keine vergitterten Fenster im Erdgeschoss, keine Spezialrolläden, von einem Wachhund ganz zu schweigen. Tiere waren unhygienisch. In ihrer Abneigung gegen alles, was da kreuchte und fleuchte, waren sich Silvias Vater und seine Eltern einig gewesen.

Die alte Frau tupfe sich mit ihrer weißen Damastserviette die Lippen. »Deine Schulkameradin ist eine echte Entdeckung. Wie heißt sie noch gleich?«

»Heide. Heide Bertram«, wiederholte Silvia geduldig. Großmutter hatte kein Gedächtnis für Namen, es sei denn, es handelte sich um Lokalprominenz.

»Verwandt mit den Bertrams von der Pumpenfabrik?« Das hatte sie schon mal gefragt, und Silvia hatte schon einmal verneinen müssen.

Ein Seufzer. »Aber die Preise … Hast du nach Rabatt gefragt?«

»Noch nicht«, erwiderte Silvia. »Ich wollte nicht gleich mit der Tür ins Haus fallen.«

Die alte Frau nickte und nippte an ihrem Rotwein. Sie trank jeden Abend ein Glas Wein zum Essen. Silvia aß Salat und überlegte, was sie für ihre Großmutter empfand: Gleichgültigkeit, gepaart mit Abneigung, Mitleid und hin und wieder auch etwas Sympathie.

Nach den Achtuhrnachrichten ließ Silvia die alte Frau allein vor dem Fernseher zurück und ging nach oben in ihr Zimmer. Heides Blumen standen in einem Kristallväschen auf dem Nachttisch. Silvia zog sich aus, wickelte sich in ihren Bademantel und ging ins Bad. Sie ließ Badewasser einlaufen und goss den letzten Rest der teuren Bademilch hinein, die sie zum Geburtstag geschenkt bekommen hatte. Sie lag lange im warmen Wasser und dachte an schöne Zeiten und alte Bekannte.

Bevor sie ins Bett ging, nahm sie eine Schlaftablette. Ihr letzter Gedanke war: Noch zweimal schlafen, dann ist alles vorbei.

Achtundzwanzig Stunden später schlich ein Mann durch den Garten der alten Villa am Galgenberg. Er war dunkel gekleidet, über die hellen Haare hatte er eine schwarze Pudelmütze gezogen. Die Mütze hatte er in der Flurkommode in der Wohnung seiner Mutter gefunden, es war dieselbe, die er als Knirps im Winter zur Schule getragen hatte. Der pflaumenblaue Opel Vectra mit dem Aufdruck eines Frankfurter Autohauses war drei Querstraßen weiter geparkt. Wie er erwartet hatte, war außer ihm um diese Uhrzeit niemand mehr unterwegs in diesem ruhigen, vornehmen Wohnviertel. Nirgendwo brannte Licht. Das schmiedeeiserne Gartentor der alten Villa war abgeschlossen.

Der Mann sah sich kurz nach allen Seiten um, dann flankte er darüber, innerlich den Kopf schüttelnd. Was für einen Sinn hatte es, ein Gartentörchen abzuschließen, wenn jeder halbwegs agile Mensch es mit einem Satz überwinden konnte? Er schlug sich seitwärts über den gepflegten Rasen, verschmolz mit der Dunkelheit. Hinter dem Haus fühlte er sich sicher genug, seine Taschenlampe einzuschalten. Da war die Hintertür. Der Mann streifte dünne Lederhandschuhe über. Er hätte jetzt gern einen Schluck aus seinem Flachmann genommen, er hatte seit dem frühen Abend nichts mehr getrunken. Aber er brauchte seine fünf Sinne beisammen. Nachher, sagte er sich, nachher. Wenn alles so lief wie geplant, würde er höchstens eine Viertelstunde brauchen, bis er wieder sicher in seinem Auto saß.

Die Hintertür war nicht abgeschlossen. Silvia hatte also nicht, wie er beinahe befürchtet hatte, im letzten Moment gekniffen. Er orientierte sich kurz. Der riesige Kühlschrank in der Ecke brummte laut, er erhaschte einen Blick auf eine Glasschale mit Tomaten auf dem Küchentisch, ehe er die Lampe ausmachte und zur Tür huschte. Seine Schuhe mit den Gummisohlen verursachten kein Geräusch auf den Fliesen. Im Flur, auf der Biedermeierkommode, hatte jemand das Lämpchen brennen lassen. Vorsichtig stieg er die breite, teppichbelegte Holztreppe hinauf. Silvia hatte ihn gewarnt, dass manche Stufen knarrten. Er selbst war nie über die Räume im Erdgeschoss hinausgekommen in diesem Haus, und das auch nur ein paar Mal. Die alten Leute hatten ihn wie Luft behandelt. Nicht, dass sie ihrer Enkeltochter mit großer Herzlichkeit begegnet waren. Sehr, sehr höflich ging man miteinander um. Man war miteinander verwandt, man sah sich gelegentlich, um die Formen zu wahren. Er war erstaunt gewesen, dass die alte Frau bei der Beerdigung ihres Mannes tatsächlich ein paar Tränen vergossen hatte. Er hatte neben ihr gestanden, ohne Silvia, die mit einer schweren Grippe daheim im Bett lag, die Glückliche. Fasziniert sah er feuchte Spuren auf den blassen, faltigen Wangen. Die Haushälterin, ganz in Schwarz, hatte laut und hemmungslos geschluchzt.

Er stand im Flur und lauschte. Nichts rührte sich. Es war stockfinster, der Schein des Flurlämpchens reichte nicht bis in den ersten Stock. Der Strahl der Taschenlampe huschte links zur

Treppe, die hinauf in den zweiten Stock, ins Reich der Haushälterin führte, dann wieder den Gang entlang. Erste Tür rechts, da wollte er hin. Er schaltete die Taschenlampe aus und steckte sie in die Tasche seiner schwarzen Lederjacke.

Es war nicht ganz dunkel im Schlafzimmer. Die Vorhänge waren nicht zugezogen, ein blasser Halbmond schien durchs Fenster. Silvia hatte nichts davon gesagt, dass die alte Frau nachts die Vorhänge nicht zuzog, aber es erleichterte die Arbeit natürlich ungemein. Er schlich zum Bett. Die alte Frau lag auf dem Rücken, ihr Mund stand offen, sie schnarchte röchelnd.

Sie wehrte sich, als er ihr das Kopfkissen aufs Gesicht drückte. Sie zappelte und zuckte, dann lag sie still. Er schaltete das Nachttischlämpchen ein. Nur ganz kurz, um alle Spuren zu beseitigen, er konnte es wagen, das Zimmer ging zum Garten hinaus. Ein letzter Blick auf die regungslose Gestalt, so schmal, dass sie sich kaum unter der Bettdecke abzeichnete. Nicht ins Gesicht sehen, den Fehler hatte er eben gemacht, als er sie zurechtgelegt hatte; er würde mindestens eine halbe Flasche Scotch brauchen, um die Erinnerung an diesen Anblick aus seinem Gedächtnis zu streichen. Als das Zimmer wieder im Dunkeln lag, wusste er, dass er nicht warten konnte, bis er im Auto saß. Er trank so hastig aus seinem Flachmann, dass er sich verschluckte und nur mühsam den Hustenreiz unterdrücken konnte.

Er schlich die Treppe hinunter. Auf halbem Weg knarzte laut eine Stufe; erschrocken trat er auf die nächste. Und dann ging das Licht an. Er war wie gelähmt. Stand da, gefangen wie ein Kaninchen im Scheinwerferlicht und sah den lockenwickelbewehrten Kopf von Frau Nägele am Treppenabsatz auftauchen. Sie riss entsetzt die Augen auf, als sie ihn sah, öffnete den Mund zum Schrei. Das riss ihn aus seiner Erstarrung. Er drehte sich um und polterte die Stufen hinunter. Gleich würde sie loskreischen, die

Polizei alarmieren. Seine einzige Hoffnung war, dass sie ihn nicht erkannt hatte mit der Pudelmütze. Er stürzte in die Küche und war schon zur Hintertür hinaus, ehe ihm auffiel, dass Frau Nägele nicht geschrien hatte. Keinen Laut hatte sie von sich gegeben.

8

Silvia

Jemand rüttelte an meiner Schulter, schrie in mein Ohr: »Fräulein Silvia! Fräulein Silvia!«

Ich kämpfte mich durch einen Rohypnolnebel und starrte direkt in die Augen von Frau Nägele.

»Sind Sie jetzt endlich wach?«

Ich nickte. Sie richtete sich auf und verschränkte die Arme vor dem üppigen Busen. »Ihre Großmutter liegt tot im Bett«, sagte sie, so wie man sagt: Es regnet. Warum war sie nicht in Tränen aufgelöst, dem Zusammenbruch nahe? Die Frau, für die sie dreißig Jahre gearbeitet hatte, war verschieden, und sie ging zum Fenster, zog die Vorhänge zurück und bemerkte: »Wird wieder ein schöner Tag werden.«

Ich schielte auf den Wecker auf dem Nachttisch. Kurz nach halb neun. Ohne sich umzudrehen, sagte Frau Nägele: »Sie kam nicht zum Frühstück herunter. Da habe ich nachgesehen.« Sie klang völlig unbeteiligt. Wie konnte das sein? Meine Großmutter war tot, und die Nägele dachte gar nicht daran, sich in Hysterie und Tränen aufzulösen. Übelkeit stieg in mir auf, meine Handflächen wurden feucht. Ich setzte mich auf, ganz vorsichtig, trotzdem wirbelte der Nebel in meinem Kopf. Ich hatte eine Tablette nehmen müssen gestern Abend; damit ich schlafen konnte, damit ich aufwachen konnte, wenn alles vorbei war. Und jetzt war ich aufgewacht, alles war vorbei und ich hatte Angst.

Frau Nägele stand immer noch am Fenster und kehrte mir den Rücken zu. Es wurde Zeit, eine angemessene Reaktion zu zeigen. »Großmutter?«, sagte ich heiser. »Tot? Wie kann das sein? Gestern Abend war sie doch noch gesund und munter ...«

Wie künstlich sich das anhörte. Auswendig gelernt. Die Hitze schoss mir ins Gesicht, ich verbarg die verräterische Röte mit beiden Händen und brach in Tränen aus. Wer weinte, brauchte nicht zu reden.

»Kommen Sie mit rüber und sehen Sie selbst«, sagte die Nägele ungerührt.

Vor lauter Schreck hörte ich auf zu weinen. »Das kann ich nicht!«, sagte ich entsetzt.

»Ich habe Dr. Hartung angerufen. Er kommt gleich.«

Der Arzt. Von ihm und seinem Totenschein hing alles ab. Was würde er denken, wenn ich mich weigerte, mich persönlich davon zu überzeugen, dass meine Großmutter tot war? Ich kroch unter der Decke hervor.

Wie still das Zimmer ist, war mein erster Gedanke, als ich hinter der Nägele her zu Großmutters Bett tappte, schwankend, weil der Teppichboden unter meinen nackten Füßen zu schlingern schien wie ein Schiffsdeck. Mein zweiter Gedanke war: Der Geruch ist unerträglich. Es stank nach Kot und Urin und nach irgendetwas Undefinierbarem, es musste der Tod sein. Mein Magen hob und senkte sich, der Schweiß brach mir aus allen Poren.

Gleich falle ich um, dachte ich. Aber ich fiel nicht um. Ich klammerte mich an den Messingverstrebungen am Fußende des Bettes fest und sah der Toten ins Gesicht. Wachsbleich hatte ich mir dieses Gesicht vorgestellt, friedvoll, mit einem leisen Lächeln um die Lippen. Stattdessen war es grausam verzerrt und bläulich verfärbt. Der Mund stand halb offen, die Lippen waren blau und hochgezogen und entblößten große, gelbe Zähne. Aber das

Schlimmste waren die Augen, gebrochen und blutunterlaufen, sie schienen mich vorwurfsvoll anzustarren. Ich stieß einen Schrei aus, mir wurde übel, und ich rannte ins Bad. Ich lehnte über dem Waschbecken und spülte mir den Mund mit kaltem Wasser aus, wieder und wieder, als jemand hereinkam. Ein Arm legte sich um meine Schultern, ich roch Rasierwasser, herb und frisch, und die Stimme des Arztes sagte: »Es tut mir Leid, Frau Degenhard.«

Ich drehte den Wasserhahn ab. »Woran ist sie gestorben?« flüsterte ich.

Er führte mich hinaus. »Wo ist Ihr Zimmer? Sie legen sich jetzt ein bisschen hin, und ich gebe Ihnen etwas zur Beruhigung. Sie haben einen Schock.«

Ich kroch in mein Bett, er deckte mich zu wie ein kleines Kind und setzte sich auf den Bettrand. In der offenen Tür erschien, wie ein Gespenst, Frau Nägele. Nichts erinnerte an die Frau, die eben gesagt hatte: »Wird wieder ein schöner Tag werden heute.«

Gramgebeugt, das Gesicht in kummervolle Falten gezogen, stand sie da; die Tränen liefen ihr über die Wangen, sie schniefte diskret, zog ein Taschentuch aus der Schürzentasche und putzte sich die Nase. »Kann ich irgendetwas tun?«, fragte sie.

Dr. Hartung sagte sanft: »Bringen Sie mir meine Tasche, bitte, Frau Nägele?«

Sie nickte und verschwand, um kurz darauf mit der schwarzen Arzttasche zurückzukommen. »Ich kümmere mich um alles, Fräulein Silvia«, sagte sie und wischte sich energisch die Tränen weg. »Ruhen Sie sich nur ein bisschen aus.« Und weg war sie, zu meiner großen Erleichterung.

»Großartige Person«, bemerkte Dr. Hartung. »Hält sich tapfer. Rührend, wie sie an Ihrer Großmutter gehangen hat.«

Ich nickte, überwältigt von Frau Nägeles vollendeter Schauspielkunst.

Der Arzt tätschelte mir aufmunternd die Hand. »Gleich fühlen sie sich ein bisschen besser.«

Er hatte schnell und geschickt gespritzt, ich hatte fast nichts gespürt. Er hielt meine Hand, als er behutsam erklärte, dass meine Großmutter an Herzversagen gestorben sei.

Tränen stiegen mir in die Augen; dass es Tränen der Erleichterung waren, wusste nur ich.

Er schüttelte traurig den Kopf. »Es tut mir wirklich Leid. Aber wissen Sie … in dem Alter und mit diesem schwachen Herzen … so was kann ganz plötzlich kommen.«

Er hatte so mitfühlende Augen hinter seiner Hornbrille, der nette Dr. Hartung mit dem graumelierten Stoppelschnitt. Am liebsten hätte ich meinen Kopf an seine Schulter gelegt und hemmungslos geweint.

»Versuchen Sie, ein bisschen zu schlafen«, sagte er.

Er ließ meine Hand los und stand auf. »Ich lasse Ihnen noch ein paar Tabletten da, für die nächsten Tage. Ein leichtes Beruhigungsmittel auf pflanzlicher Basis. Wenn ich Ihnen sonst irgendwie helfen kann … rufen Sie mich an.«

Ich nickte, schloss die Augen und schlief auf der Stelle ein.

Der Wecker zeigte zwei Uhr, als ich wach wurde. Mein Kopf war klar, die Angst verflogen. Der Arzt hatte den Totenschein ausgestellt. Ein altes, schwaches Herz hatte versagt; traurig, sicher; aber so war nun mal der Lauf der Welt. Das seltsame Benehmen von Frau Nägele kam mir im Nachhinein nicht mehr so seltsam vor: Sicher hatte sie unter Schock gestanden, genau wie ich.

Ich machte mich im Bad ein bisschen frisch, dann ging ich in Hausschuhen und Morgenmantel nach unten. Ich überlegte, ob ich Heiner jetzt gleich anrufen sollte. Wir hatten vereinbart, dass ich mich sofort melden würde, nachdem der Arzt da gewesen war. Jetzt war es schon Nachmittag, sicher saß er nervös herum und sorgte sich, ob irgendetwas schief gegangen war. Ach, ein paar Minuten würde er noch warten können, sagte ich mir. Darauf kam es nun auch nicht mehr an. Erst musste ich etwas essen und Kaffee trinken.

Ich fand Frau Nägele in der Küche. Sie saß am Tisch, vor sich einen Becher mit Kaffee und einen Teller mit Apfelkuchen.

»Ah, da sind Sie ja, Fräulein Silvia«, sagte sie.

»Setzen Sie sich doch. Kaffee?«

»Ja, bitte.«

»Ich könnte Ihnen auch ein paar Spiegeleier machen, wenn Sie möchten.«

Sie briet Spiegeleier und Speck, grillte sogar zwei Tomaten dazu. Ich aß, als hätte ich drei Tage nichts gegessen. Sie saß mit am Tisch und sah mir schweigend zu. Alles war wie immer. Der Eisschrank brummte, die Herbstsonne fiel golden durchs Fenster, es war tatsächlich wieder ein schöner Tag geworden, genau wie die Nägele gesagt hatte. Ich war ruhig und entspannt. Was immer der Arzt mir gespritzt hatte, es hatte alles in die richtige Perspektive gerückt. Großmutter war tot, was natürlich sehr traurig war, aber sie hatte ein langes erfülltes Leben hinter sich, und alle Menschen mussten nun mal irgendwann sterben.

»Haben Sie Ihren Mann eigentlich schon angerufen?«, fragte Frau Nägele, als ich mich über ein Stück Apfelkuchen hermachte.

Mein Herz machte einen Sprung. Die Frage war harmlos genug, aber etwas in ihrem Gesicht, in ihrer Stimme, alarmierte mich. Ich räusperte mich. »Nein. Noch nicht.«

Frau Nägele nickte. »Das habe ich mir gedacht. Sie leben in Scheidung, nicht wahr? Ihre Großmutter hat's erzählt. Sie hielt nicht viel von Ihrem Mann.«

Was fiel der Nägele ein, so vertraulich zu tun? Und was fiel Großmutter ein, meine Privatangelegenheiten vor der Haushälterin breitzutreten!

»Ich denke, das geht Sie nichts an, Frau Nägele«, sagte ich kühl.

Sie lächelte, und bei diesem Lächeln machte mein Herz noch einen Sprung und die feinen Härchen im Nacken richteten sich auf.

»Jetzt wollen wir mal ganz in Ruhe miteinander reden, Fräulein Silvia. Von Frau zu Frau, sozusagen.«

Und dann erzählte sie, wie sie in der Nacht aufgewacht war und nicht wieder einschlafen konnte. Wie sie beschloss, sich unten in der Küche ein bisschen Milch warm zu machen und einen Löffel Honig hineinzutun. Wie sie das Licht angemacht hatte und einen Mann auf der Treppe stehen sah. Sie hatte sich fast zu Tode erschreckt. Ein Einbrecher! Doch dann erkannte sie gleich den Herrn Degenhard, trotz der komischen Wollmütze, die er auf dem Kopf hatte. Na, dachte sie sich. Hat er wohl das Fräulein Silvia besucht und ist bei ihr geblieben, merkwürdig, wo sie sich doch scheiden lassen wollen. Der Herr Degenhard rannte die Treppe hinunter, als wär der Teufel hinter ihm her, die Küchentür knallte zu. Da hatte sie gedacht: Potzblitz, kommt er etwa durch die Hintertür rein und raus, die ist doch abgeschlossen, ich kontrollier das doch jeden Nachmittag, bevor ich nach oben gehe. Sie ging in die Küche. Kein Herr Degenhard weit und breit, und tatsächlich, die Hintertür war nicht abgeschlossen. Sie drehte den Schlüssel rum und dachte bei sich, dass der Herr Degenhard ausgesehen hatte wie das leibhaftige schlechte Gewissen, und sie fragte sich, warum. Frau Brandt hatte erzählt, dass er Schulden habe und sie um Geld gebeten hatte. Ohne Erfolg, natürlich. Genauso gut hätte er einen Stein um Kredit angehen können. Das

Fräulein Silvia hatte auch keinen roten Heller, trotz der schönen Kleider und der feinen Koffer. Deswegen war sie doch nach Kirchmünden gekommen, hatte die gnädige Frau erzählt. Wollte der Herr Degenhard also etwas im Haus stehlen? Frau Brandt bewahrte ihren Schmuck in der Nachttischschublade auf. Ob er sich dran vergriffen hatte? Sie musste nachschauen, der Frau Brandt erzählen, was los gewesen war. Frau Brandt lag tot im Bett. Die doppelreihige Perlenkette, der Saphirring, die Armbanduhr, zwei Broschen – nicht viel, weil Frau Brandt sich wenig aus Schmuck gemacht hatte –, befanden sich in der Nachttischschublade.

Mir war eiskalt geworden, aber ich schaffte es, meine Gesichtszüge unter Kontrolle zu halten. »Das haben Sie geträumt, Frau Nägele!«, sagte ich energisch. »Nie im Leben war mein Mann heute Nacht hier im Haus! Ich habe nichts gesehen und gehört!«

Die Nägele lächelte. »Sie sind ganz blass geworden, Fräulein Silvia.«

»Kein Wunder!«, fauchte ich. »Bei der absurden Räuberpistole, die Sie da vom Stapel lassen. Und überhaupt: Als Sie sahen, dass Großmutter tot war – warum sind Sie dann nicht gleich zu mir gekommen? Warum haben Sie bis morgens gewartet?«

Frau Nägele rührte Zucker in ihren Kaffee. »Als ich sie so daliegen sah, hab ich mir gedacht: Was, wenn der Herr Degenhard sie umgebracht hat? Wenn er ihr einfach ein Kissen aufs Gesicht gedrückt hat?«

»Sie sind ja verrückt. Meine Großmutter ist an Herzversagen gestorben. Der Arzt hat es bestätigt!«

Die Nägele nickte. »Weil ich nichts gesagt hab. Wenn ich erzählt hätte, dass ich den Herrn Degenhard auf der Treppe gesehen hab und was ich vermute, hätte er die Polizei gerufen. Und dann würden sie eine Ob-duk-ti-on machen. Wie im Fernsehen. Und dann würde sich rausstellen, woran sie wirklich gestorben ist.«

Ich verschränkte die Arme vor der Brust und funkelte sie an. »Und warum haben Sie's nicht getan?«

»Ich kann's noch tun«, sagte Frau Nägele gleichmütig. »Ich sag einfach, erst hätt ich mir nichts dabei gedacht. Aber jetzt wären mir doch Zweifel gekommen.«

Panik, Panik. Wie kam die Nägele bloß auf solche Ideen, sie las zu viel *Bild*-Zeitung, sah sich zu viele Reißer im Fernsehen an, das musste es sein. Würde man bei einer Obduktion feststellen können, dass die alte Frau mit einem Kissen erstickt worden war? Bestimmt. Sie fanden alles Mögliche heraus heutzutage. O Gott. Auf was hatte ich mich eingelassen. Man würde sofort Verdacht schöpfen, dass ich etwas mit der Sache zu tun hatte. Ich, die Haupterbin. Und Heiner würde reden, er würde mich belasten, natürlich. Warum sollte er alle Schuld auf sich nehmen.

Ich griff nach der Kaffeetasse, um Zeit zu gewinnen, sie entglitt meinen zitternden Fingern und zersprang auf dem Fliesenboden.

Die Nägele schüttelte den Kopf. »Leute, die so schlechte Nerven haben wie Sie, sollten sich nicht auf so was einlassen«, bemerkte sie. Das Wort »Mord« hing schwer im Raum, obwohl sie es nicht ausgesprochen hatte. Keiner von uns machte Anstalten, die Bescherung auf dem Fußboden zu beseitigen.

Ich saß in der Falle und wusste es. Im Fernsehen fallen Leuten, die in der Falle sitzen, immer wunderbare Argumente ein. Sie winden sich ein bisschen und schon sind sie frei und haben die Oberhand. Aber ich hatte einfach nur Angst. Ich sah mich im Gefängnis, mein Leben, das doch gerade erst anfangen sollte, war zu Ende. Ich starrte Frau Nägele an. Die grauen Löckchen waren wie immer ordentlich gelegt, die hellen, vorstehenden Augen blitzten hinter der dicken Brille. Sie trug eine tadellos gebügelte hellblaue Kittelschürze, Kragen und Taschen waren marineblau abgesetzt. Sie musste einmal jünger ausgesehen haben, als ich ein Kind war, aber die Wahrheit war, dass ich ihr nie viel mehr Beachtung geschenkt hatte als einem Möbelstück. In meiner Erinnerung sah ich die blitzende Brille, eine stämmige Figur in Kittelschürze. Sie servierte den Tee zu Geburtstagen; die Kuchen, die wir aßen, hatte sie gebacken, die kalten Platten zum Abendessen waren von ihr garniert worden. Unter dem altmodisch-devoten »Fräulein Silvia« hatte ich ihre Abneigung gespürt; sie sprach aus den Blicken, mit denen sie mich bedachte, aus der Art, wie sich ihr Strichmund noch grämlicher nach unten zog, wenn sie mich ansah. Es hatte mich nie interessiert, warum sie mich nicht zu mögen schien. Es interessierte mich auch jetzt nicht.

Sie lächelte. Sie hatte andauernd gelächelt in den letzten Minuten, so als habe sie eine Menge nachzuholen. »Sie starren mich an wie das Karnickel die Schlange. So kommen wir nicht weiter. Ich erzähl Ihnen mal was.«

Sie erzählte. Von ihrer Schwester Martha. Die wohne in Schmalsfeld, sei zwei Jahre jünger als sie, also sechsundfünfzig, Altenpflegerin, und habe einen Traum, schon seit vielen Jahren. »Ein kleines privates Seniorenheim, Fräulein Silvia. Hübsch und gemütlich, für ältere Herrschaften, die nicht pflegebedürftig sind, aber gut versorgt werden wollen. Martha kümmert sich drum, dass es allen gut geht; ich kümmere mich ums Haus und koche. Wir würden oben im zweiten Stock wohnen, Martha und ich. Im ersten Stock bringen wir die alten Leute unter. Unten Küche, Speisezimmer, Aufenthaltsräume. Ein Garten zum Spazierengehen. Eine Terrasse in der Sonne. Ein kleines Paradies. Es gibt ja sogar einen Treppenlift und ein seniorengerechtes Badezimmer!«

Sie hatte sich in Eifer geredet, alles Verbissene war von ihr abgefallen.

»Wovon reden Sie eigentlich?«, fragte ich, obwohl ich es sehr genau wusste.

Frau Nägele seufzte, als habe sie es mit einem besonders begriffsstutzigen Kind zu tun. »Von diesem Haus hier natürlich. Ich möchte es haben.«

»Sind Sie wahnsinnig? Das Haus muss über eine Million wert sein! Meine Großmutter hat Sie in ihrem Testament bereits mehr als großzügig bedacht, das hat sie mir gesagt, und da wollen Sie auch noch …«

Die Nägele hob die Hand. »Sachte. Versprochen worden ist viel. Zweihundertfünfzigtausend, das hör ich schon seit zwanzig Jahren. Wer weiß, ob's stimmt. Man soll nichts Schlechtes sagen über die Toten … und das tu ich auch nicht. Ihr Großvater war mal gut zu mir, als ich's nötig hatte, das hab ich nie vergessen. Ich hab hart gearbeitet, dreißig Jahre lang. Viel verdient hab ich nicht, ich musste auf Heller und Pfennig Haushaltsbuch führen, jede Scheibe Wurst, die ich gegessen hab, wurde abgezählt, und an der Heizung haben sie auch gespart. Gar nicht gut für mein Rheuma. Meine Schuld hab ich abgezahlt, doppelt und dreifach, das können Sie mir glauben. Jetzt muß ich an mich denken, an mich und Martha. Wir werden beide nicht jünger.«

Sie zog die Brille ab, rieb sich die Augen. Pickte mit einem dicken Zeigefinger Krümel vom Teller, leckte sie gedankenverloren ab.

»Frau Nägele«, sagte ich, »wollen Sie mich etwa erpressen?«

Sie blinzelte kurzsichtig. »Ach Gott. Machen Sie doch kein Drama draus. Ich hab einfach nachgedacht gestern Nacht, an

Schlaf war ja nicht mehr zu denken. Also: Ich halt meinen Mund, Sie halten Ihren Mund. Wir bringen Ihre Großmutter schön unter die Erde. Sie überschreiben mir das Haus, für treue Dienste. Alle sind glücklich. Ihr Mann … das ist eine andere Sache. Was will *er* haben?«

Ich gab keine Antwort.

Sie setzte die Brille wieder auf, zuckte die Schultern. »Na ja. Ist nicht mein Bier.«

Ich räusperte mich, trotzdem klang meine Stimme heiser, als ich sagte: »Heiner … mein Mann. Was soll ich ihm sagen … gleich, am Telefon?«

Sie verstand sofort. »Nichts, natürlich. Sie wissen von nichts. Ich habe heute Morgen Ihre Großmutter tot aufgefunden. Der Arzt hat den Totenschein ausgestellt. Herzversagen.«

Wir sahen uns an, eine ganze Weile. Ich schlug als Erste die Augen nieder. Etwas brannte mir auf der Zunge. »Frau Nägele«, fragte ich. »Haben Sie meine Großmutter eigentlich gemocht?«

Sie überlegte einen Moment. »Manchmal. Manchmal hab ich sie gemocht. Aber meistens nicht.«

Ich nickte. So und nicht anders hätte ich geantwortet, wenn man mich gefragt hätte, wie ich zu meiner Großmutter stand.

»Ach, übrigens«, sagte die Nägele noch. »Falls es Sie interessiert … sie liegt nicht mehr oben. Man hat sie abgeholt, als Sie geschlafen haben. Und sauber gemacht hab ich auch. Ich hab doch gesagt, ich kümmere mich um alles.«

Ich nahm das Mobiltelefon mit in mein Zimmer. Heiner meldete sich nach dem ersten Klingeln. »Alles in Ordnung!«, waren meine ersten Worte. Er stieß einen tiefen Seufzer der Erleichterung aus, schrie dann, über die Worte stolpernd: »Warum, verflucht noch mal, hast du nicht früher angerufen, ich bin fast verrückt geworden!« Er stammelte weiter, seine Stimme hatte schwere Schlagseite. Die Rede war von Katastrophe, Haushälterin, Treppe.

»Du bist ja betrunken, Heiner«, sagte ich.

»Sie hat mich gesehen, ich sag's dir!«, schrie er.

»Davon hat sie kein Wort gesagt. Großmutter kam heute Morgen nicht zum Frühstück herunter. Frau Nägele hat sich Sorgen gemacht und ging in ihr Zimmer. Großmutter lag tot im Bett. Frau Nägele hat mich geweckt und den Arzt verständigt. Er hat den Totenschein ausgestellt. Herzversagen.«

»Warum hast du nicht sofort …«

»Ich hatte einen Schock«, unterbrach ich ihn kühl. »Der Arzt hat mir etwas zur Beruhigung gegeben. Ich habe bis eben geschlafen.«

»Sie hat nichts davon gesagt, dass sie mich gesehen hat?«

»Nein. Kein Wort«, sagte ich fest. »Bist du ganz sicher, dass du dir das Ganze nicht eingebildet hast?«

»Ich hab mir nichts eingebildet. Ich war nüchtern, Herrgott noch mal!«

»Ich muss jetzt Schluss machen«, sagte ich. »Gleich kommt jemand vom Bestattungsinstitut. Ich ruf dich wieder an, wegen der Beerdigung. Du musst unbedingt kommen, sonst zerreißen sich die Leute das Maul.«

Bei dem würdevollen Seniorchef des Bestattungsinstituts Rosenkrantz bestellte ich eine schöne Beerdigung. Sarg aus Eichenholz mit Messingbeschlägen, geschmückt mit einem Gesteck aus rosa und weißen Nelken. Große Anzeige im Lokalblatt, die morgen erscheinen sollte: *Nach einem langen erfüllten Leben, trotzdem plötzlich und unerwartet,* etcetera etcetera. Herrn Rosenkrantz' professionell trauervolle Miene heiterte sich diskret auf, als ich ohne mit der Wimper zu zucken den Auftrag für eine De-Luxe-Erdbestattung unterschrieb. »Eine hervorragende Wahl. Wir kümmern uns um *alles*, gnä' Frau«, versicherte er mir mit sonorer Stimme. Diese Aussicht war den horrenden Preis allemal wert. Nachdem Herr Rosenkrantz sich verabschiedet hatte, rief ich Oskar Kummeth an, um ihn vom Ableben seiner Mandantin in Kenntnis zu setzen. Er erschien zehn Minuten später persönlich, um mir sein Beileid auszusprechen. Ein magerer, gebeugter Mann, der schon nicht mehr der Jüngste gewesen war, als er vor fast zwanzig Jahren meine Scheidung von Armin gemanagt hatte. Jetzt sah er aus, als sei er drei Jahre älter als Methusalem. Er schüttelte meine Hand und sagte mit Grabesstimme: »Es tut mir Leid, sehr Leid, Frau, hm …?«

»Degenhard«, soufflierte ich.

Er seufzte. »Frau Degenhard. Was kann ich sagen? Ein großer Verlust. Eine beeindruckende Persönlichkeit ist von uns gegangen.«

»Ja.« Ich tupfte mir mit einem von Großmutters spitzenbesetzten Taschentüchlein, die stets blütenweiß, perfekt gebügelt und zusammengefaltet auf dem Beistelltischchen im Salon lagen, über die Augen. Ein leichter Lavendelduft stieg mir in die Nase.

Frau Nägele kam mit Trauermiene in den Salon und fragte, ob wir irgendwelche Wünsche hätten.

»Eine Tasse Tee vielleicht, Herr Kummeth?«, fragte ich. Er lehnte bedauernd ab, da er noch einen Termin hatte. Dann kam er zur Sache. »Das Testament Ihrer Großmutter ist, wie Sie sicher wissen, in meiner Kanzlei hinterlegt …«

Ich nickte. Seine trüben, alten Augen ruhten wohlwollend auf mir. Ich wusste, dass ich einen erfreulichen Anblick bot. Schwarz steht mir gut, wie vielen Blonden. Ich trug einen Rock, nicht zu kurz, und eine Seidenbluse, meine Haare waren im Nacken zu einem Knoten geschlungen. Mein Make-up bestand nur aus einem Hauch Puder und rosa Lippenstift. Blass und traurig, dabei gefasst, so hatte ich wirken wollen, als ich mich zurechtgemacht hatte, und es war mir gelungen.

»Morgen früh in meiner Kanzlei, Frau Degenhard? Um zehn? Oder möchten Sie, dass ich hierher komme?«

»Ich komme zu Ihnen«, sagte ich.

Kaum hatte ich Kummeth an der Tür verabschiedet, tauchte die Nägele im Flur auf. Sie trug ein dunkelblaues Hemdblusenkleid, das ihre zahlreichen Rundungen gnädig kaschierte. Sie holte den Autoschlüssel aus der Kommodenschublade und sagte: »Ich fahr zu Martha.« Weg war sie, ohne zu fragen, ob ich etwas dagegen hatte, dass sie den Wagen nahm. Einerseits ärgerte ich mich über ihre Dreistigkeit, andererseits war ich froh, dass sie aus dem Haus war. Ich wanderte in die Küche, schenkte mir ein Glas Wein ein und rief Heiner an. Nur der Anrufbeantworter meldete sich, was mich annehmen ließ, dass Heiner sturzbetrunken im Bett lag. »Die Beerdigung ist übermorgen, vierzehn Uhr«, sprach ich aufs Band. »Ich erwarte dich um halb zwei vor der Friedhofskapelle.«

Dann rief ich Heide an. Wie warm und teilnahmsvoll ihre Stimme klang. Sie sagte nicht: »Herzliches Beileid« oder etwas in der Art. Sie sagte: »Es ist ein Schock, nicht wahr? Auch wenn du es im Gefühl hattest …« Beinahe hätte ich ihr alles erzählt. Die Worte lagen mir schon auf der Zunge, es würde wie eine Beichte sein, sie würde Verständnis haben, ich war ganz sicher. Sie würde mich nicht verurteilen, sie würde mich nicht verraten.

In mein Schweigen hinein sagte Heide: »Möchtest du ein bisschen Gesellschaft? Soll ich zu dir kommen?«

Ich schluckte hinunter, was mir auf der Zunge lag. Nicht

schwach werden, Silvia. Alles ist vorbei. Na ja, fast. Eine Million für Heiner, das Haus für die Nägele, dann fängt dein neues Leben an. Durchhalten.

Ich sagte: »Lieb von dir, Heide. Aber ich glaube, ich möchte jetzt lieber allein sein.«

Das Gespräch war zu Ende. Ich saß lange in der Küche, sah zu, wie es draußen dunkel wurde. Ich trank Wein, aß Brot und Käse und ein paar von Heides Tomaten. Ich ging früh nach oben, ich wusste, ich würde eine Schlaftablette nehmen. Ab morgen würde ich keine einzige mehr anrühren. Na gut, ab übermorgen.

Am nächsten Morgen ging ich zuerst ins Esszimmer. Zu meiner großen Erleichterung war nicht fürs Frühstück gedeckt. Ich hätte nichts essen mögen dort, ich hätte immer auf den leeren Platz mir gegenüber schauen müssen. Vielleicht hätte ich sogar Gespenster gesehen.

In der Küche spielte ein kleines Radio, das ich nie zuvor gesehen hatte, einen deutschen Schlager. Frau Nägele hatte das Bügelbrett aufgebaut und plättete hingebungsvoll eine grüne Kittelschürze.

»Guten Morgen«, sagte ich.

»Morgen. Ich hab mir gedacht, dass Sie bestimmt nicht drüben essen wollen. Setzen Sie sich. Kaffee ist fertig.«

Es gab frische Brötchen und sogar ein Ei.

»Wann ist Testamentseröffnung?«, erkundigte sich die Nägele im Konversationston.

»Um zehn«, sagte ich.

Sie stellte das Bügeleisen ab und sah mich an. »Sie haben immer alles gehabt. Ich hab lange auf das hier ...« Ihre Geste umfasste das Haus, »... warten müssen.« Es klang beinahe entschuldigend.

»Ich sage Kummeth, dass er einen Vertrag aufsetzen soll.«

Sie nickte und bügelte weiter.

Rund sieben Millionen, alles in allem. Meine Großeltern waren noch vermögender gewesen, als ich gedacht hatte. Mietshäuser in Köln und Frankfurt, das Haus, Wertpapiere, ein stattliches Barvermögen. Und ich war die Alleinerbin, wenn man von dem Legat für Frau Nägele absah. »Zehntausend D-Mark in Wertpapieren«, sagte Kummeth und sah mich über den Rand seiner Lesebrille an.

Wie Recht die Nägele gehabt hatte, als sie sagte: Wer weiß, ob's stimmt mit den zweihundertfünfzigtausend. Sieben Millionen und große Versprechungen, um die Haushälterin bei der Stange zu halten, vom Herzen reißen konnte sie sich gerade mal zehntausend. Sieben Millionen, und zu Lebzeiten war für ihre einzige Enkeltochter nichts drin gewesen außer freie Kost und Logis und zweihundert Mark im Monat. Und mein Vater, der einzige Sohn, war er irgendwann zu meinen Großeltern gegangen und hatte um Hilfe gebeten, als die Glockengießerei in finanziellen Schwierigkeiten steckte? Hatte er zu hören bekommen: »Selbst schuld. Wir können nichts für dich tun. Wir kommen selbst kaum über die Runden.«

Ich wollte nicht darüber nachdenken. Ich wollte meine Schulden bezahlen, ich wollte mein neues Leben.

»Ich möchte«, sagte ich zu Kummeth, »der Haushälterin meiner Großmutter das Haus in Kirchmünden überschreiben. Für treue Dienste. Die Möbel kann sie auch haben. Schmuck und Wertgegenstände behalte ich natürlich.«

Er sah mich erstaunt an. »Das Haus – vor allem wegen des großen Grundstücks – dürfte um eine Million wert sein …« Er räusperte sich.

»Setzen Sie den Vertrag auf«, gab ich zurück. Es war ein gutes Gefühl, Geld *ausgeben* zu können, und sei es auf diese Weise. Ich überlegte, ob ich – sozusagen in einem Aufwasch – Kummeth bitten sollte, die Scheidung in die Wege zu leiten und Heiner als Entschädigung oder wie immer man es nennen sollte eine Million anzubieten. Aber das erschien mir des Guten zu viel. Nach der Beerdigung, wenn ich alles ordnen würde, war dafür immer noch Zeit.

9

Silvia

Wir fuhren zum Friedhof, Frau Nägele und ich. Am Steuer saß selbstverständlich ich, ich dachte gar nicht daran, mein Leben aufs Spiel zu setzen. Aber auch als Beifahrerin war die Nägele eine Strafe. »Da, ein Kind!«, rief sie. »Vorsicht, die Ampel!« Sie trat aufs imaginäre Bremspedal und klammerte sich am Haltegriff fest. Als wir in die Friedhofsstraße einbogen, zückte sie ein Taschentuch und tupfte sich den Schweiß von Stirn und Oberlippe. Das schwarze Wollkostüm, das sie über einer schwarzweiß gemusterten Bluse trug, war zu warm für den sonnigen Tag, zugegeben, trotzdem tippte ich darauf, dass sie vor lauter Angst schwitzte.

Vor der Friedhofskapelle ging eine einsame Gestalt in dunkelgrauem Einreiher und schwarzem Schlips auf und ab. Als wir näher kamen, sah es einen Moment so aus, als wolle Heiner die Flucht ergreifen, seine Füße bewegten sich reflexhaft seitwärts. Aber dann straffte er die Schultern. »Silvia«, sagte er und schloss mich in die Arme. Ich roch Rasierwasser und Pfefferminzbonbons. Er wollte mich gar nicht wieder loslassen, und ich wusste auch warum. Er hoffte darauf, dass Frau Nägele weitergehen würde, ohne dass er mit ihr sprechen musste.

Doch als ich ihn sanft zurückschob, stand sie immer noch da und lächelte. »Herr Degenhard. Guten Tag!« Sie streckte ihre Hand aus, und Heiner blieb gar nichts anderes übrig, als sie zu schütteln. »Ein trauriger Anlass, Frau Nägele«, murmelte er. Die Nägele wischte sich das Lächeln vom Gesicht und legte es in kummervolle Falten. »Ja. Wahrhaftig. Aber Sie brauchen sich keine Sorgen machen, Herr Degenhard.«

Heiner zuckte zusammen. Frau Nägele ließ seine Hand los. »Ich geh dann schon mal rein«, sagte sie und verschwand.

Heiner packte meinen Arm. »Was spielt ihr eigentlich für ein Spiel, du und die Nägele?«

Ich entfernte seine Hand von meinem Ärmel. Ich trug ein schwarzes Leinenkostüm, und wenn es auch heißt, Leinen knittert edel, auf zusätzliche Falten konnte ich verzichten.

»Du hast doch gehört, was sie gesagt hat«, sagte ich. »Hör auf, dir Sorgen zu machen. Alles ist in Ordnung.«

Er starrte mich an. »Sie erpresst dich, stimmt's? Sie will auch ein Stück vom Kuchen.«

Die Glocken begannen zu läuten.

»Komm jetzt«, sagte ich. »Es wird Zeit.«

Ich hakte ihn unter und zog ihn zum Eingang.

Die Kapelle war klein und schlicht, bis auf die pompösen Blumensträuße, die Rosenkrantz an strategisch wichtigen Stellen hatte aufstellen lassen. In der letzten Reihe saß Frau Nägele, über ein Gebetbuch gebeugt. Sie sah nicht auf, als wir nach vorne gingen. Wir nahmen in der ersten Reihe Platz. Vor uns der Sarg, Eiche mit Messingbeschlägen, er verschwand fast unter dem Gebinde aus weißen und rosa Nelken. Einige wenige Sträuße und Schalen mit Karten standen rechts und links, sie würden später zum Grab gebracht werden. Ein bunter Strauß aus Gartenblumen fiel mir auf, bestimmt war er von Heide. Ganz vorn in einem Gestell prangte der riesige Kranz, den ich bei Enners bestellt hatte. Weiße Lilien in Tannengrün. Auf der Schleife stand: *Ein letztes Lebewohl, Silvia und Heiner.* Schlicht und geschmackvoll.

Wenn ich eins gelernt hatte von meinen Eltern und Großeltern, dann die Form zu wahren.

Der schwere Duft der Lilien stach mir in die Nase. Heiner beugte sich zu mir und flüsterte: »Du warst schon beim Anwalt, stimmt's?«

Ich nickte.

»Und?«, fragte er begierig.

»Du kriegst schon, was du haben willst«, zischte ich.

Er irritierte mich maßlos. Zaubern müsste man können, dachte ich. Ein Fingerschnippen, ein Augenzwinkern, und Heiner wäre verschwunden, mit einem Whiskyfass auf einer einsamen Insel gestrandet. Von hinten hörte man Schritte, leises Murmeln, das Rascheln von Kleidung, als die Trauergäste sich auf den Bänken niederließen. Der Pfarrer erschien, ein noch junger Mann mit braunem Rauschebart und runder Nickelbrille. Er war gestern Nachmittag gekommen, um mit mir über den Trauergottesdienst zu sprechen. Er wollte wissen, was Großmutter für ein Mensch gewesen sei. Was konnte ich ihm sagen? Wo sie geboren war, wann sie geboren war, wann sie wen geheiratet hatte. Ich erwähnte, dass ihr einziger Sohn – mein Vater – vor acht Jahren ums Leben gekommen war, dass ich die einzige Verwandte sei.

»Wofür hat sie sich interessiert? Was war ihr wichtig im Leben?«, fragte der junge Pfarrer eifrig.

Das, was ihr und meinem Großvater so wichtig gewesen war, dass sie es auf einem Grabstein verewigt hatten, würde sich in einer Trauerrede kaum gut machen. Ich überlegte.

»Nun«, sagte ich schließlich. »Sie lebte ganz für meinen Großvater, der im letzten Jahr verstarb. Sie führten eine sehr glückliche Ehe ...« Ich hatte keine Ahnung, ob das stimmte, aber es hörte sich gut an. »Und sie war ein ausgesprochen häuslicher Mensch. Nach dem Tod meines Großvaters lebte sie noch zurückgezogener, auch wegen ihrer angegriffenen Gesundheit. Die Haushälterin, Frau Nägele, hat sich aufopferungsvoll um sie gekümmert. Ich selbst bin erst kürzlich zu meiner Großmutter gezogen, um mich ihrer Pflege zu widmen. Leider war uns nur wenig Zeit miteinander vergönnt.«

Ich schlug die Augen nieder. Mehr hatte ich nicht zu sagen.

Von der Trauerrede, die der Pfarrer aus meinen Äußerungen zusammengeschustert hatte, bekam ich kein Wort mit. Beate versicherte mir anschließend, dass er sehr gut gesprochen habe. »Bewegend«, nannte sie es. »Wie der Hirsch lechzt nach frischem Wasser, dürstet meine Seele … Ach, es ist doch immer traurig, wenn jemand stirbt.«

An mir rauschten die bewegenden Worte vorbei, genauso wie die Klänge der Orgel und die Stimmen des Kirchmündener Knabenchors, den Rosenkrantz bestellt hatte. Ich starrte auf den bunten Gartenstrauß, von dem ich vermutete, dass er von Heide war, und dachte an meine Eltern. An Mäxchen. Tränen stiegen mir in die Augen, ich tupfte sie mit einem von Großmutters Taschentüchern weg. Ab und zu schaute ich hinüber zu Heiner. Sein Gesicht war ausdruckslos, eine blonde Strähne fiel ihm in die Stirn. Früher einmal hatte ich seine Haare gern angefasst, sie waren so weich und fein. So ähnlich musste sich Babyhaar anfühlen. Ich hatte nie Kinder haben wollen. Ich dachte an meine erste und einzige Begegnung mit Beates unansehnlichem Schreihals. Beate wollte mir den Kleinen in den Arm legen damals. Ich lehnte ehrlich entsetzt ab. Wenn es ein hübsches, lächelndes Baby gewesen wäre, nach Puder duftend, mit blondem Flaum auf dem Köpfchen – ob ich es dann gerne gehalten hätte? Woran Heiner wohl dachte? An seine Million, an Ad Concept, an Krause und all die anderen, denen er es zeigen würde?

Wir folgten dem Sarg ins Freie. Zuerst Heiner und ich, dann

in respektvollem Abstand die Nägele. Dahinter die wenigen Trauergäste, die ich erst am Grab näher in Augenschein nehmen konnte: Beate in einer dunkelblauen Wurstpelle aus Baumwolljersey neben Heide in einem dunkelgrünen Sommerkleid und Sandalen. Der Rentner, der sich um den Garten kümmerte. Dr. Hartung. Oskar Kummeth. Ein paar Nachbarn, allesamt über siebzig. Der Direktor von Großmutters Hausbank, ein hoch gewachsener, spindeldürrer Mensch mit verkniffenen Zügen, der sich so gerade hielt, als habe er einen Ladestock verschluckt. Sein Sohn, ein arroganter Schnösel, war ein paar Klassen unter mir gewesen und hatte sein Pferd im selben Stall wie ich stehen gehabt. Nun, der Apfel fällt nicht weit vom Stamm. Sein Erzeuger trug selbst beim Kondolieren die Nase unnachahmlich hoch. Ob er das wohl noch tat, wenn ich Großmutters – nein, *mein* Geld – abzog, wozu ich fest entschlossen war? Der Herr Direktor hatte maßgeblich am Ruin meines Vaters mitgestrickt, Mäxchen hatte es mir damals erklärt. Seit gestern wusste ich, dass meine Großeltern sich daran nicht gestört hatten. Namhafte Summen ruhten auf diversen Konten.

Asche zu Asche, Staub zu Staub.

Es gab ein dumpfes Geräusch, als ich ein Schäufelchen Erde auf den Sarg warf.

Frau Nägele hatte meinen Vorschlag, den Trauerkaffee im Café Wien am Marktplatz abzuhalten, rundheraus abgelehnt. »Kommt nicht in Frage!«, sagte sie. »Ihre Großmutter hätte das nicht gewollt. Viel zu teuer.«

»Nichts gegen die De-Luxe-Erdbestattung«, wandte ich ein.

»Der Sarg und alles, das ist was andres, man stirbt nur einmal und muß lange so liegen, wie man sich bettet. Aber Kaffee getrunken wird hier.«

Also hatte Frau Nägele gestern den ganzen Nachmittag Kuchen gebacken: Butterkuchen, Streuselkuchen, Marmorkuchen, Nusskuchen.

»Nur trockene Kuchen, Fräulein Silvia«, erklärte sie. »Keine Torten. Das macht man so bei einer Beerdigung.«

Sie polierte auch das Silber, spülte von Hand das gute Meißener Porzellan, das sonst nur zu Weihnachten und Ostern aus dem Schrank geholt wurde, und stärkte und mangelte Servietten und das große Tafeltuch aus Damast. Mich schickte sie zum Einkaufen, nachdem der junge Pfarrer gegangen war. »Sie müssen Likör besorgen«, befahl sie geschäftig. »Zwei Sorten, für die Damen. Und Cognac, für die Herren. Sherry und Wein haben wir genug.«

Jetzt schenkte sie aus großen Warmhaltekannen, die sie von ihrer Schwester geliehen hatte, Tee und Kaffee aus, legte Kuchenstücke auf Teller, wies auf Sahnekännchen und Zuckerdose hin. Wenn ich mich nicht so müde gefühlt hätte, hätte ich es nicht besser machen können.

Heide saß rechts neben mir, Beate links. Heide schwieg, Beate redete. Sie lobte den jungen Pfarrer, der gegenüber saß und vor Freude rot wurde, für seine bewegenden Worte, sie sprach von ihrer verstorbenen Schwiegermutter; von Verlust, Betroffenheit und Trauerarbeit. Ich trank stumm meinen Kaffee und sehnte den Augenblick des allgemeinen Aufbruchs herbei.

»Anstrengend, nicht?«, flüsterte mir Heide mitfühlend zu.

Frau Nägele bot Likör an und Cognac. Heiner stürzte ein Glas Cognac in einem Zug hinunter und sagte: »Lassen Sie die Flasche gleich da.«

Frau Nägele warf ihm einen verächtlichen Blick zu. Heiner versorgte den Rentner, Dr. Hartung und den Bankdirektor, alle anderen nahmen ein Glas Amaretto. Und dann, nach einem Anstandsviertelstündchen, großer Abschied, Händeschütteln, gemurmelte Worte des Trostes.

»Du mußt bald kommen und dir unser Haus ansehen«, sagte Beate.

»Ich hoffe, dass Sie der Volksbank Kirchmünden-Schmalsfeld das gleiche Vertrauen schenken werden wie Ihre Großeltern«, sagte der Bankdirektor mit einem Lächeln, das er sicher für herzlich hielt.

»Viel Kraft im Herrn«, wünschte der junge Pfarrer. Sie waren die Letzten. Jetzt waren nur noch Heiner da, der sich Cognac nachschenkte, und Heide. Sie stand auf und gab mir einen Kuss auf die Wange. »Ruf mich an, wenn du mich brauchst«, sagte sie. »Jederzeit.«

»Bleib doch noch«, sagte ich. Plötzlich hatte ich Angst, allein mit Heiner und der Nägele zu sein.

»Ich muss noch zu einer Nachbarin«, gab sie bedauernd zurück. »Sie ist erkältet und hat mich angefleht, ihr Spitzwegerichsirup, Lindenblüten und Hagebuttenmark vorbeizubringen.«

Ich brachte sie zur Tür. Sie war schon auf der Treppe, als sie sich noch einmal umdrehte. »Dein Mann …«

»Mein Ex-Mann. In spe«, verbesserte ich.

»Trinkt er immer so viel?«, fragte sie sachlich.

»Ja«, sagte ich. »Aber das ist nicht der Grund, warum ich mich scheiden lasse.«

Sie nickte, winkte und ging mit schnellen, leichten Schritten zu einem mit bunten Blumen bemalten VW-Bus, der vor dem Gartentor parkte. Es war ein altes Modell, man ahnte den Rost unter dem farbenfrohen Anstrich.

»Der bunte Blumenstrauß …«, rief ich ihr nach, »der war von dir, oder?«

Sie lächelte, kletterte ins Auto und fuhr davon.

Frau Nägele war mit Aufräumen beschäftigt, als ich wieder ins Esszimmer kam. Heiner war verschwunden, mitsamt der Cognacflasche. »Er ist rüber in den Salon«, sagte die Nägele. Und fügte hinzu: »Er sollte nicht so viel trinken. Schließlich muss er noch Auto fahren. Oder wollen Sie, dass er hier übernachtet?«

»Um Gottes willen«, sagte ich.

Seltsam, wie geradezu freundschaftlich wir seit neuestem miteinander umgingen, Frau Nägele und ich. Sogar außerhalb des Küchen-Reservats. Der Salon war leer, die Schiebetür zur Terrasse offen. Heiner saß mit dem Rücken zum Haus am Gartentisch. Ich setzte mich zu ihm. Er schenkte sich Cognac ein. Die Flasche war dreiviertel leer.

»Trink nicht so viel. Du musst noch fahren«, mahnte ich.

Wie ich mir wünschte, er möge endlich in das Auto steigen, in dem er gekommen war, und Kurs auf Frankfurt nehmen.

Er lächelte mich schief an. »Warum? Ich kann doch bei meiner lieben Frau schlafen.«

»Nein, kannst du nicht. Ich will die Scheidung. Schon vergessen?« Ich sagte es leichthin und recht freundlich, aber er wirkte gekränkt.

»Aber jetzt ist doch alles anders! Es kann doch so schön werden wie früher. Wir können uns wieder alles leisten, was Spaß macht.«

Ich traute meinen Ohren nicht. »Es ist vorbei, Heiner«, sagte ich kühl. »Du bekommst eine Abfindung, ganz offiziell. Kummeth regelt das.«

Er zuckte zusammen. »Sei doch nicht so«, murmelte er. Seine Augen waren gerötet, sein Tonfall schleppend. Wieder griff er nach der Flasche.

»Das ist der Letzte«, sagte ich.

Heiner schob die Unterlippe vor wie ein trotziges Kind. »Du

könntest ruhig ein bisschen netter zu mir sein«, sagte er schmollend. »Nach allem, was ich für dich getan habe.«

Wut stieg in mir auf. Er würde bald um eine Million reicher sein, das war doch wohl nett genug. Eigentlich sollte er niederknien und mir die Füße küssen, anstatt unverschämte Forderungen zu stellen!

Er sah mich schräg von der Seite an. »Wie viel hat sie dir hinterlassen?«

»Das geht dich gar nichts an!«

Er grinste und trank ein Schlückchen. »Du solltest wirklich netter zu mir sein. Ich könnte dich in arge Schwierigkeiten bringen, weißt du das?«

Ich war wie vom Donner gerührt. »Du? *Du* könntest mich in Schwierigkeiten bringen?!«

Er blinzelte wie eine Eule. »Hm.«

Mein Geduldsfaden, dünn wie Spinnweb, riss. Ich stand auf. Sagte mühsam beherrscht: »Ich habe keine Lust, mir deinen Unsinn auch nur eine Sekunde länger anzuhören. Geh jetzt bitte.«

Das Grinsen verschwand. »Setz dich, verdammt noch mal«, sagte er sehr leise. »Ich hab für dich die Dreckarbeit gemacht, jetzt hörst du mir zu!«

Ich war so verblüfft, dass ich mich tatsächlich wieder hinsetzte. »Stell dir vor, Silvia«, sagte Heiner gedehnt und sorgfältig artikulierend, »bei der Polizei trudelt ein anonymer Brief ein. Der unbekannte Verfasser äußert den Verdacht, dass du deine Großmutter ermordet hast. Das Auge des Gesetzes ist sofort hellwach. Als Alleinerbin hattest du ja schließlich ein gewichtiges Motiv, oder? Schneller, als du denkst, buddeln sie die alte Dame aus und obduzieren sie …«

Das amüsierte mich, obwohl ich ihn am liebsten erwürgt hätte. »Du musst noch betrunkener sein, als ich dachte. *Die Nägele hat dich gesehen!* Und da willst du versuchen, *mir* einen Mord anzuhängen?«

»Aber sie kann mich gar nicht gesehen haben, Schätzchen«, sagte Heiner allen Ernstes.

Um meine Mundwinkel zuckte es immer noch. »Ach nein?«

Heiner nippte genüsslich an seinem Cognac. »Nein. Ich habe nämlich ein felsenfestes Alibi.«

Mir blieb der Mund offen stehen. Heiner schaute drein wie ein Kater, der soeben den Kanarienvogel verspeist hat. »In der fraglichen Nacht war ich die ganze Zeit mit Karsten zusammen.«

Eisige Kälte erfasste mich. »Heiner ...«, flüsterte ich, »du hast ihm doch nicht erzählt, dass du ...«

Er winkte ab. »Natürlich nicht. Ich hab gesagt, da läuft was zwischen mir und einer Frau, sie ist verheiratet und der Mann hat Verdacht geschöpft ... Klar, Bruderherz, sagt Karsten und kneift ein Auge zu, ich halte dicht. Wenn einer kommt und dumme Fragen stellt, du warst die ganze Nacht bei mir, wir haben fürchterlich einen draufgemacht, bis du auf meiner Couch eingeschlafen bist ...«

Er sah mich erwartungsvoll an. Ich brachte es fertig, ganz ruhig zu bleiben, und sagte: »Wenn die Polizei wegen Mord bei ihm vorsprechen würde, würde er nicht mehr dichthalten.«

»Karsten würde alles für mich tun«, sagte Heiner großartig.

»Was soll das Ganze, Heiner?«, fragte ich. »Warum drohst du mir mit so einem Unsinn? Du weißt doch, dass du keinen Pfennig siehst, wenn du mich in Schwierigkeiten bringst.«

Er sah erstaunt aus. »Aber ich drohe dir doch gar nicht. Das Alibi hab ich mir wegen der Nägele besorgt. Nur für alle Fälle.«

»Heiner«, sagte ich. »Noch einmal: Was willst du?«

Er ließ den Kopf hängen. »Ich möchte bloß, dass wir zusammenbleiben«, sagte er leise. »Ich halt's nicht aus ohne dich.«

… und dein Geld, ergänzte ich im Stillen.

Seine schwere, feuchte Hand legte sich auf meine. »Lass es uns doch miteinander versuchen. Lass mich hier bleiben heut Nacht …« Sein Daumen massierte meinen Handrücken. Angeekelt zog ich meine Hand weg.

»Nein«, sagte ich.

»Ich bleibe trotzdem«, sagte er. »Du kannst mich nicht rausschmeißen.« Er grinste. »Ich bin stärker als du.«

Ach, was soll's, dachte ich. Ich mag mich nicht herumstreiten. Ich fülle ihn richtig gut ab, damit er nicht auf dumme Gedanken kommt, richte ihm ein Bett im grünen Zimmer. Vielleicht kann ich morgen, wenn er wieder nüchtern ist, vernünftig mit ihm reden.

Heiner saß am Tisch und öffnete eine Flasche Weißwein, während ich deckte und Brot, Butter, Käse und Wurst hinstellte. Ich schnitt auch Tomaten und Gurken in Scheiben und richtete sie auf einer Platte an, kochte Eier ab und schnitt sie in Viertel. Heiner trank Wein, schaute mir müßig zu und plante unseren nächsten Urlaub. »Sri Lanka, Schatz, was meinst du?«

Ich tat so, als hätte ich nichts gehört.

Er erzählte von einer hübschen Wohnung im Westend, die er besichtigt hatte. »Mit Balkon nach Süden«, sagte er. »Stuck an den Decken. Sie wird dir gefallen, wart's nur ab.«

»Heiner«, sagte ich. »Hör auf damit.«

»Womit?«, fragte er unschuldig. Er aß mit gutem Appetit, trotz des Weins wirkte er jetzt nüchterner als vorher.

»Hör auf, so zu tun, als wären wir Turteltäubchen, die ihr Nest bauen.«

Er hörte nicht auf. Er öffnete eine zweite Flasche Wein und redete weiter. Wie sehr er mich liebe, wie glücklich er mich machen würde, was für ein wunderbares Leben wir führen würden. Ich konnte es nicht mehr ertragen. Wortlos stand ich auf und ging aus der Küche. Er kam mir nach. »Wo gehst du hin?«

»Nach oben. Ich richte dein Bett im grünen Zimmer.«

»Nicht nötig«, sagte er mit einem Grinsen.

»Entweder du schläfst im grünen Zimmer oder unten auf der Couch. Du kannst es dir aussuchen.«

Ich ging die Treppe hinauf. Er folgte mir. Auf halber Höhe spürte ich seine Hand unter meinem Rock. »Lass das!«, fauchte ich. Er lachte, seine Finger glitten über meine Waden.

Ich lief jetzt die Treppe hinauf, er hinterher. Ich hörte sein betrunkenes Kichern, seinen Singsang: »Hab dich gleich, hab dich gleich ...« Mein Herz klopfte wie verrückt, aber nicht vor Angst, ich hatte keine Angst vor ihm. Mein Körper übernahm die Regie, ich hatte überhaupt nichts damit zu tun. Ich hatte die zweitoberste Stufe erreicht und meine Füße blieben stehen. Einfach so, ohne Vorwarnung. Mein Körper drehte sich um. Heiner war dicht hinter mir. Meine Arme schnellten vor, meine Hände stießen gegen seine Brust, ohne dass ich sie daran hätte hindern können. Heiner kippte nach hinten, er schrie, er überschlug sich und krachte unter ohrenbetäubendem Poltern die lange, gewundene Holztreppe hinunter. Sein Kopf knallte auf den Marmorfußboden, dann schlidderte er noch ein Stück und blieb vor der Kante des großen Perserteppichs liegen.

Ich presste die Hände vor den Mund, die Hände, die ihn gestoßen hatten, und brach in Tränen aus. Plötzlich war Frau Nägele da, in einem wattierten, rosafarbenen Morgenrock und Lockenwickeln. Sie schob mich beiseite, rannte die Treppe hinunter. Langsam, langsam, mich am Geländer festklammernd wie eine alte Frau, folgte ich ihr.

Er lag so still da, so verkrümmt, als habe ihn eine riesige Hand ausgewrungen und fortgeworfen. Seine Augen starrten blicklos zur Decke. Frau Nägele kniete mit käseweißem Gesicht neben ihm und hatte zwei Finger an seine Halsschlagader gelegt. »Er ist tot«, sagte sie.

Ich blieb auf der untersten Stufe stehen und klammerte mich am Geländer fest.

»Es war ein Unfall!« Wie hoch und klagend meine Stimme klang, so unheimlich in meinen eigenen Ohren, dass ich Gänsehaut bekam.

Die Nägele stand auf. »Natürlich war es ein Unfall«, sagte sie wie zu einem Kind. »Er hat das Gleichgewicht verloren, weil er zu viel getrunken hat, und ist gefallen.«

Meine Knie gaben nach, ich kauerte mich auf der untersten Stufe zusammen. »Ich hab das nicht gewollt«, wimmerte ich. Ich sah auf meine Hände, schlanke Hände, mit schmalen Fingern und rosa lackierten Nägeln.

Auf einmal hockte Frau Nägele vor mir. »Haben Sie ihn gestoßen, Fräulein Silvia?«, fragte sie überraschend sanft.

Ich versteckte mein Gesicht in den Händen. Frau Nägele seufzte. »Kein Grund, sich deswegen Kummer zu machen. Seien Sie froh, dass Sie ihn los sind. Das war ein ganz unsicherer Kandidat, der. Wie alle Kerle, die an der Flasche hängen. Irgendwann hätte er sein Maul zu weit aufgerissen und Sie in Schwierigkeiten gebracht.«

Ich ließ die Hände sinken und starrte sie an. Nerven wie Drahtseile, ein Fels in der Brandung. Von dieser Frau konnte ich eine Menge lernen. Ächzend zog sie sich am Treppengeländer hoch. »Wir müssen den Arzt rufen. Sie sagen einfach, er ist die Treppe hoch, wollte schlafen gehen, war betrunken, die ganze Aufregung mit der Beerdigung und so. Auf einmal tut's einen Schrei, er fällt hintenüber … und bums.«

»Bums«, echote ich schwachsinnig.

Frau Nägele warf mir einen scharfen Blick zu. »Sie waren schon oben. Haben's vom Treppenabsatz aus gesehen. Die Polizei wird kommen und Ihnen Fragen stellen, das sag ich Ihnen gleich. Sie werden ihn auch obduzieren.« Sie seufzte wieder. »Wenn Sie wollen, sag ich, ich hätt's auch gesehen. Wollte gerade runter in die Küche, um mir ein bisschen Milch warm zu machen.«

Erleichterung überspülte mich wie eine große warme Welle. »Warum wollen Sie das für mich tun?«, flüsterte ich.

»Scherereien mit der Polizei können wir nicht brauchen, oder?«

»Nein«, stimmte ich ihr zu. »Wahrhaftig nicht.«

Herztrost
(Melissa officinalis)

Herztrost wandert gern, so gern, dass ich ihn einsperren musste, damit er meinen Salat nicht überrannte. Jetzt wohnt er in einem Holzkasten an einem sonnigen Fleckchen im Gemüsegarten. Manchmal zerreibe ich ein Blatt zwischen den Fingern und schnuppere mit geschlossenen Augen. Ein unverwechselbares, zitroniges Aroma steigt mir in die Nase und versetzt mich in südliche Gefilde. Oma Hanne hielt das Kraut im Balkonkasten, nannte es Citronelle und würzte Salat und Kräutersoßen damit. Meine Mutter sagte Zitronenmelisse dazu und setzte aus den getrockneten Blättern und 70-prozentigem Alkohol eine Tinktur an. Wenn sie Kreislaufbeschwerden hatte, nahm sie zweimal täglich 15 Tropfen auf einem Stück Würfelzucker. Meinem Vater, der oft unter Kopfschmerzen litt, massierte sie die Schläfen mit der verdünnten Tinktur.

Man sammelt die Blätter im Mai und Juni und trocknet sie. Bei Nervosität und Herzbeschwerden nervösen Ursprungs hilft eine Teekur: Zwei Teelöffel Melissenblätter mit einer Tasse heißem Wasser überbrühen, zugedeckt etwa zehn Minuten ziehen lassen. Vier bis sechs Wochen lang täglich drei Tassen trinken. Die Tinktur wirkt übrigens auch gegen Fußpilz und Herpes.

Heide Bertram

10

Heide

Morgen sollte Silvias Mann in Frankfurt beigesetzt werden. Die Obduktion hatte ergeben, dass er sich durch den Sturz von der Treppe das Genick gebrochen hatte. Wir saßen in meiner Küche, Silvia und ich, und tranken Melissentee. Draußen war es kalt und ungemütlich; es regnete in Strömen. Silvia war sehr blass und still und hatte dunkle Ringe unter den Augen. Kein Wunder nach den Ereignissen der letzten Tage.

»Kannst du nachts schlafen?«, fragte ich.

Sie nickte. »Ich nehme eine Schlaftablette.«

Lass es nicht zur Gewohnheit werden, wollte ich sagen, aber ich schluckte es herunter. Gute Ratschläge waren entbehrlich.

Was Silvia im Moment brauchte, war jemand, der einfach nur da war, der schwieg, wenn ihr danach zumute war; der redete, wenn sie Ablenkung wollte. Ich tat mein Bestes.

Silvia rührte in ihrer Teetasse. »Meine Schwiegermutter gibt mir die Schuld an Heiners Tod.«

»Was fällt ihr ein! Er hatte 2,5 Promille im Blut und ist unglücklich gestürzt!«, sagte ich empört.

Silvia stand auf und ging zum Fenster. Regentropfen prasselten gegen die Scheiben. Ohne mich anzusehen sagte sie: »Sie behauptet, er habe nur so viel getrunken in letzter Zeit, weil ich ihn verlassen habe, als er mich am nötigsten brauchte. Sie wurde richtig hysterisch. Schrie, ich hätte ihn auf dem Gewissen, so sicher, als hätte ich ihn umgebracht. Sie will nicht, dass ich zur Beerdigung komme. Aber dass ich dafür bezahle, dagegen hat sie nichts.«

Sie zog die Schultern hoch, als sei ihr kalt.

»Karsten – Heiners Bruders – kam mit einem Kollegen vorbei, um das Auto abzuholen, das er Heiner geliehen hatte. Außer ›Guten Tag‹ und ›Auf Wiedersehen‹ hat er kein Wort mit mir gesprochen. Ließ den Kollegen reden, starrte mich an, als wollte er mir den Hals umdrehen.«

Ich ging zu ihr und legte den Arm um sie. »Du hast dir nichts vorzuwerfen. Es war ein Unfall.«

Sie sah mich an, ihre Pupillen waren so geweitet, dass ihre Augen fast schwarz wirkten. Tränen liefen ihr über die Wangen, sie machte keinen Versuch, sie abzuwischen.

»Und wenn's kein Unfall war?«, flüsterte sie.

Was redete sie sich da ein?

»Silvia«, sagte ich vernünftig. »Es gab eine polizeiliche Untersuchung, erinnerst du dich? Frau Nägele hat doch auch gesehen, wie's passiert ist. Dein Mann war sturzbetrunken und hat das Gleichgewicht verloren. Du warst gar nicht in seiner Nähe.«

Silvia schluchzte auf. »Doch. Doch, ich war in seiner Nähe.«

Mir war plötzlich eiskalt.

Und dann erzählte sie. Immer wieder von Schluchzen unterbrochen kam die ganze Geschichte heraus. Ich dachte an die alte Frau, mit einem Kopfkissen erstickt; an Heiner, den Mörder, den Silvia die Treppe hinuntergestoßen hatte. Eine Haushälterin machte sich zur Komplizin, um sich einen Lebenstraum erfüllen zu können. Ich dachte an Wiebke und Hannes und ihr ungeborenes Kind in ihren Gräbern und daran, wie schnell man schuldig werden konnte.

»Wirst du ... wirst du jetzt die Polizei anrufen?«, flüsterte Silvia.

Ich nahm sie wie ein Kind bei der Hand und führte sie ins Wohnzimmer. Es war dämmrig, ich machte kein Licht. »Setz dich«, sagte ich. »Ich hole uns was zu trinken.«

Gehorsam ließ sie sich auf dem Sofa nieder, streckte automatisch eine Hand nach Thymian aus, der zusammengerollt auf einem Kissen thronte.

Als ich mit einer Flasche Rotwein, Gläsern und einer Schachtel Kleenex zurückkam, lag der Kater auf Silvias Schoß. Sie streichelte ihn, ich sah, wie Tränen in sein Fell tropften. Ich setzte mich neben sie und drückte ihr eine Hand voll Kleenex in die Hand. »Putz dir die Nase«, sagte ich.

Sie wischte sich die Tränen ab. Make-up und Wimperntusche waren verlaufen, sie sah aus wie ein Clown. Ihre Nase war rot und dick, die Augen verschwollen vom Weinen. Nichts erinnerte mehr an die schöne, perfekt zurechtgemachte Frau; geschweige denn an das selbstsichere, strahlende Mädchen von damals, das ich so bewundert – und wohl auch beneidet – hatte.

Ich schenkte einen Médoc ein, dunkel rubinrot, fast schwarz im Dämmerlicht. Hannes hatte gern Rotwein getrunken. An dem Nachmittag im November, als er unser Kind zeugte, tranken wir eine ganze Flasche Barolo, den er aus dem Weinkeller seines Vaters hatte mitgehen lassen. Ich verschüttete etwas, als er mich küsste, es gab einen roten Fleck auf dem weißen Bettlaken.

»Trink was«, sagte ich zu Silvia und hörte ein Echo.

›Trink was‹, hatte ich zu meiner Schwester gesagt und ihr den Becher mit dem giftigen Fingerhutsud hingehalten.

Silvias Hand zitterte. Ein bisschen Wein tropfte auf ihren schwarzen Baumwollpullover. Sie trank das Glas leer. Ich nahm es ihr ab und stellte es auf den Couchtisch.

»Ich würde dir gern etwas erzählen«, sagte ich. »Etwas, das ich noch nie jemandem erzählt habe.«

Silvia nickte, lehnte sich zurück und schloss die Augen. Ihre schlanken Hände strichen rhythmisch über Thymians Rücken. Der Kater gähnte faul und streckte sich. Sein Schnurren verschmolz mit dem Geräusch des Regens, der an die Fensterscheiben trommelte.

Silvia unterbrach mich kein einziges Mal. Sie saß da, gegen die Sofapolster gelehnt, und streichelte den Kater. Nach dem ersten Satz waren ihre Augen offen, sie sah mich unverwandt an. Ihr Gesicht war ausdruckslos.

Als ich alles gesagt hatte, was ich zu sagen hatte, fühlte ich mich wunderbar erleichtert. Dass man eine Last mit sich herumschleppt, merkt man immer erst dann, wenn man sie los ist. Dabei war es nicht so, dass ich mich über die Jahre hinweg mit Schuldgefühlen gequält hätte. Ich bereute nichts. Ich wusste, dass ich heute genauso handeln würde wie damals. Aber darüber sprechen zu können, zu jemandem, von dem ich wusste, dass er mich nicht verurteilen würde, war wie eine Erlösung. Ich war nicht mehr allein.

Silvia griff nach meiner Hand und drückte sie wortlos. In diesem Augenblick fühlte ich mich ihr so nahe wie noch keinem anderen Menschen.

Später kochten wir zusammen, einen Auflauf mit Hackfleisch und Gemüse. Silvia stürzte sich dankbar in die Arbeit. Sie putzte Gemüse, schälte Kartoffeln, raffelte Käse, stellte Geschirr hin, zündete die Kerzen an. Aber als wir am Tisch saßen und aßen, brachte sie kaum etwas herunter.

»Was wirst du anfangen mit dem vielen Geld?«, fragte ich.

Sie lächelte schwach. Sie hatte sich das Gesicht gewaschen, zum ersten Mal sah ich sie ungeschminkt. Mit den immer noch geschwollenen Augen, der geröteten Nase und den im Nacken mit einem Gummiband zusammengehaltenen Haaren sah sie im Kerzenlicht aus wie ungefähr zwölf. »Leben. Irgendwie und irgendwo.«

»Das klingt ein bisschen vage«, sagte ich.

Sie trank einen Schluck Wein. »Frankfurt kommt nicht in Frage, Kirchmünden auch nicht. Sonst ist alles offen. Wahrscheinlich reise ich erst mal ein bisschen.«

»Schade, dass du nicht hier bleibst«, sagte ich.

»Wirst du mich besuchen kommen, wenn ich mich irgendwo niedergelassen habe?«

»Ja. Und du wirst nach Kirchmünden kommen, mindestens einmal im Jahr. Auch wenn's schwer fällt. Und wir telefonieren miteinander. Versprochen?«

»Versprochen.« Wir schüttelten uns feierlich die Hände.

»Wenn du willst, fahre ich morgen mit dir zu Heiners Beerdigung«, bot ich an. »Er war dein Mann. Du hast das Recht, dabei zu sein.«

Silvias Augen füllten sich mit Tränen. »Ich möchte schon Abschied von ihm nehmen. Ich hab das Gefühl, dass ich ihm das schuldig bin. Andererseits …« Sie schluckte.

»Die Ermittlungen ergaben eindeutig, dass du unschuldig an Heiners Tod bist«, erinnerte ich sie. »Was würden eure Freunde und Bekannten sagen, wenn du beim Begräbnis fehlst?«

Sie kniff die Lippen zusammen. »Es gibt keine Freunde und Bekannten mehr. Kaum saßen wir in der Patsche, waren sie über alle Berge.«

»Morgen sind sie da, schon aus Neugier. Wetten?«

Silvia seufzte. »Schon möglich, dass wenigstens ein paar kommen werden. Ich habe in der *FAZ* und der *Rundschau* inseriert.« Sie seufzte wieder. »Und du würdest wirklich mitkommen?«

Ich nickte.

Sie sagte trotzig: »Ich würde es wieder tun. Ich bin erleichtert, dass er tot ist. Er ist selbst schuld. Warum konnte er nicht die Finger von der Flasche und mich in Ruhe lassen? Die Nägele sagt, ich soll froh sein, dass ich ihn los bin, über kurz oder lang hätte er den Mund nicht halten können und mich in Schwierigkeiten gebracht.«

»Und was ist mit ihr? Der Frau Nägele? Hast du mal daran gedacht, dass sie dich erpressen könnte, um mehr für sich herauszuschlagen?«

»Das würde sie nicht tun«, sagte Silvia mit Überzeugung.

»Amen«, gab ich zurück. »Dein Wort in Gottes Ohr.«

11

Silvia

Ich saß beim Frühstück in der Küche, Frau Nägele leistete mir bei einer Tasse Kaffee Gesellschaft. Im Hintergrund lief dezent ein deutscher Schlager. Frau Nägele summte leise den Refrain mit. Es störte mich nicht, schlagender Beweis dafür, wie entspannt und freundschaftlich unser Verhältnis mittlerweile war. Sie hatte sogar aufgehört, mich »Fräulein« Silvia zu nennen. Das Haus gehörte nun ihr. Dass Großmutter ihr nur zehntausend Mark hinterlassen hatte, erstaunte sie nicht im Geringsten.

»Was hab ich Ihnen gesagt?«, meinte sie gelassen. »Leere Versprechungen. Aber zehntausend Mark sind besser als nichts.«

Wir hatten vereinbart, dass ich bis zum 31. Oktober ausziehen und eine Liste der Dinge anfertigen würde, die ich mitnehmen wollte. Es war nicht viel: Großmutters Schmuck, ein paar gute Bilder und Teppiche, das Silber, das beste und das zweitbeste Service, ein paar hübsche Kleinigkeiten wie das Cloisonné-Väschen und der kleine Sekretär im Salon, die sich in meinem neuen Heim – wo immer es sein mochte – gut machen würden. Und natürlich den Jaguar, der mir ans Herz gewachsen war. Mit dem Rest konnte die Nägele machen, was sie wollte: behalten, verschenken, verkaufen, von mir aus auch verbrennen.

»Schaun wir mal«, sagte die Nägele und bot an, dass ich meine Sachen im Keller unterstellen könne, so lange ich wollte. Beinah verlegen fügte sie hinzu: »Und außerdem brauchen Sie nicht

Hals über Kopf auszuziehen. Wenn Sie bis Ende Oktober noch nicht wissen wohin, können Sie ruhig bleiben.«

Ich war gerührt, denn ich fühlte mich – Geld hin, Geld her – verloren. Ich hatte Angst vor dem Alleinsein, vor Gespenstern, die mich heimsuchen könnten. Es gab keinen Mann in meinem Leben, keine Kinder oder sonstigen Verwandten, keine Freunde. Wo sollte ich meine Zelte aufschlagen? Ibiza? London? Sylt? Hamburg? Ich wusste, dass ich mich in den nächsten Wochen entscheiden musste.

»Werden Sie nun zur Beerdigung fahren?«, unterbrach sie mich in meinen Gedanken.

Ich sah sie über den Rand der Kaffeetasse an. »Ja. Heide Bertram kommt auch mit.

»Brav. Ich hab gleich gesagt, Sie sollen sich von Ihrer Schwiegermutter und dem Dicken mit dem roten Gesicht nicht ins Bockshorn jagen lassen. Eine Witwe gehört ans Grab, wenn der Mann unter die Erde kommt.«

»Ganz wohl ist mir nicht.«

»Papperlapapp«, sagte die Nägele. »Die Verwandtschaft kann Ihnen gar nichts.«

Sie schenkte uns Kaffee nach und fügte wohlwollend hinzu: »Eine nette Frau, die Frau Bertram. Sie hat mir Wacholdertinktur gegeben, gegen mein Rheuma. Ich mache jetzt jeden Abend Umschläge.«

Sie warf einen Blick auf ihre dicke, altmodische Armbanduhr mit dem schwarzen Lederarmband. »Schon elf. Ich schau mal nach der Post.«

Beileidsschreiben zu Heiners Tod hatte ich nicht erhalten, weil ich keine Adresse in der Todesanzeige angegeben hatte. Leider hatte Heide es für ihre Pflicht gehalten, Beate zu informieren, die mich unverzüglich heimsuchte. Sie sprach mir ihr aufrichtiges

Beileid zu meinem schweren (doppelten) Verlust aus, um dann gleich zum Wesentlichen zu kommen. Ob der Anblick sehr grauenvoll gewesen sei? Wie ich denn mit all dem fertig würde? Was denn meine Pläne für die Zukunft seien? Ich hätte sie mit Wonne erwürgen mögen, aber wahrscheinlich hätte ich meine Hände nicht um ihren dicken Hals schließen können. Also brach ich in Tränen aus, was ich mittlerweile aus dem Effeff beherrschte, und klingelte nach Frau Nägele, die Beate sanft, aber entschlossen hinauskomplimentierte. »Ruf mich an, wenn es dir wieder besser geht«, sagte Beate noch, so als ob ich mit Grippe daniederläge. »Dann trinken wir Kaffee in unserem neuen Wintergarten.«

»Nur über meine Leiche«, presste ich zwischen zuammengebissenen Zähnen heraus, aber die Nägele hatte Beate schon zur Tür hinausgeschoben.

Karsten und meine Schwiegermutter hatten in die *Frankfurter Neue Presse* eine eigene Anzeige gesetzt. *Durch eine Tragödie viel zu früh grausam von uns gerissen, in tiefster Trauer Edith Degenhard (Mutter) und Karsten Degenhard (Bruder)*, hieß es da. Von mir, der Ehefrau, war keine Rede. Es folgte als Traueranschrift die Adresse meiner Schwiegermutter in Bockenheim.

Frau Nägele kam herein und legte mir einen weißen Briefumschlag mit schwarzem Trauerrand hin. Ein verspätetes Kondolenzschreiben zu Großmutters Ableben? Die Adresse war mit Schreibmaschine geschrieben, ein Absender fehlte. Ich schlitzte den Umschlag auf, zog ein Blatt Schreibmaschinenpapier heraus und las:

Du Miststück!
Wenn Du nicht willst, dass die Polizei einen Tipp kriegt, dass du die alte Frau kaltgemacht hast, kostet dich das hunderttausend. Du hörst von mir.

Mein Herz machte einen Satz. Die Buchstaben tanzten, verschwammen vor meinen Augen. Ich schüttelte mich, um das Schwindelgefühl zu vertreiben, las noch einmal. Und noch mal. Wie aus weiter Ferne hörte ich eine Stimme: »Silvia? Silvia!«

Eine Hand legte sich auf meine Schulter, jemand nahm das Blatt aus meinen schweißfeuchten, zitternden Fingern. Frau Nägele las halblaut, dann ließ sie sich auf einen Stuhl fallen. Sie war sehr blass geworden, der Schreck stand ihr ins Gesicht geschrieben. Aber eingedenk ihrer beachtlichen schauspielerischen Fähigkeiten und Heides Bemerkung gestern rutschte mir heraus: »*Sie* haben das doch nicht geschrieben, oder?«

Sie sah mich an, als hätte ich den Verstand verloren. Ihr blasses Gesicht färbte sich rot. »Ich?«, schrie sie empört. »Und das wagen Sie zu fragen, nach allem, was ich für Sie getan hab?«

»Tut mir Leid. Ich hab's nicht so gemeint«, stotterte ich. »Es war der Schock.«

Sie nickte kurz. »Versteh schon. Aber trotzdem. Überlegen Sie doch mal: Wenn ich wirklich so ein Luder wär und Sie erpressen wollte … würd ich da einen anonymen Brief schreiben? Ich hab doch einen Mund. Und, sitz ich da und will was von Ihnen?«

»Nein. Natürlich nicht. Bitte entschuldigen Sie.«

Sie war's wirklich nicht, dachte ich erleichtert. Sie hat ihr Haus und ist damit zufrieden. Sie ist nicht so dumm wie Heiner, der den Hals nicht vollkriegen konnte und alles verloren hat. Aber wenn sie's nicht war, wer dann?

»Na. Schwamm drüber«, sagte die Nägele jetzt versöhnlich. »Sie haben Ihr Versprechen gehalten, ich halt meins. Wir sitzen in einem Boot.« Sie griff nach dem Umschlag. »Poststempel Hanau. Kennen Sie jemanden in Hanau?«

»Nein.« Ich überlegte. Wer wusste, dass die alte Frau keines natürlichen Todes gestorben war? Ich. Die Nägele. Heiner. Ich hörte seine Stimme in meinem Kopf: »Stell dir vor, Silvia, bei der Polizei trudelt ein anonymer Brief ein. Der unbekannte Verfasser äußert den Verdacht, dass du deine Großmutter ermordet hast …« Es passte, passte haargenau. Aber Heiner war tot! Wer wusste noch Bescheid? Heide. Heide? Aber Heide würde niemals einen so primitiven Brief schreiben, sie würde mich nie erpressen, sie mochte mich, sie war meine Freundin. Außerdem machte sie sich nichts aus Geld. »Nein«, sagte ich laut. »Unmöglich.«

»Was ist unmöglich?«, wollte die Nägele wissen.

»Dass Heide den Brief geschrieben hat.«

»Das will ich meinen! Wie kommen Sie denn bloß auf so was?«

Die Stunde der Wahrheit war gekommen. »Weil ich im Geist alle Personen durchgegangen bin, die Bescheid wissen.«

Die Nägele riss die Augen auf. »Frau Bertram weiß Bescheid?! Über was?«

»Über alles.« Ich ließ den Kopf hängen. »Ich hab ihr alles gebeichtet. Gestern Abend. Ich hab mich so furchtbar gefühlt, und sie war so lieb und verständnisvoll, da …«

Die Nägele stöhnte entsetzt auf, ich konnte es ihr nicht verdenken.

»Aber Heide war's nicht, ich weiß es genau, sie … sie würde so etwas einfach nicht tun.«

Die vorstehenden Augen der Nägele starrten ins Leere, ich sah förmlich, wie es in ihren Gehirnwindungen arbeitete. Schließlich sagte sie: »Frau Bertram *kann's* gar nicht gewesen sein, wenn sie's erst seit gestern Abend weiß. Wenn sie in der Nacht noch nach Hanau gefahren wäre, um den Brief einzuwerfen, wär er heute noch nicht da gewesen. So schnell ist die Post nicht. Aber herrje, Silvia – haben Sie wirklich alles ausgeplaudert?«

Sie schüttelte vorwurfsvoll den Kopf.

»Ja«, gab ich zu. »Aber ich weiß, dass ich Heide vertrauen kann.« Um sie zu beruhigen, erzählte ich von Heides Schwester und dem Fingerhut und von Wiebke und Hannes und den Knollenblätterpilzen.

»Hätte ich der Frau Bertram nie zugetraut«, sagte Frau Nägele voller Bewunderung. Sie ging zum Küchenbüfett und holte eine Flasche Cognac und zwei Gläser heraus.

Ich sah ihr zu, wie sie einschenkte, und dachte: Hanau. Das ist nicht weit von Frankfurt. Heiner hatte sich für die fragliche Nacht ein Alibi besorgt, für alle Fälle. Bei seinem Bruder. Wir hatten uns nie besonders gut verstanden, Karsten und ich. Heiner verriet mir in leicht angetrunkenem Zustand einmal, dass Karsten mich arrogant fand. »Die kommt daher, als wär sie was Besseres als unsereiner«, hatte Karsten gesagt. »Dabei müsste sie verdammt kleine Brötchen backen, wenn du sie nicht geheiratet hättest.«

Karsten war stolz auf den großen Bruder, der sich vom Werbekaufmann aus kleinen Verhältnissen zum Inhaber einer Agentur hochgearbeitet hatte. *Ihm* nahm Karsten nicht übel, dass er gut aussah, Geschmack hatte, keinen Frankfurter Dialekt sprach, dass er italienische Anzüge trug und ein dickes Auto fuhr und ausschließlich mit Leuten verkehrte, die sich niemals herablassen würden, einen Opel zu kaufen.

Auch Heiner hing an Karsten, trotz aller Unterschiede. Die Brüder telefonierten mindestens einmal in der Woche miteinander und gingen regelmäßig »einen heben«, wie Karsten sich ausdrückte. Es schien ihm nichts auszumachen, dass Heiner mit ihm nur Kneipen aufsuchte, in denen er nicht Gefahr lief, auf Bekannte und Kollegen zu treffen, oder dass er nie zu Partys zu uns nach Hause eingeladen wurde. Ich stellte mir die beiden Brüder vor, wie sie in Karstens Wohnzimmer mit der gräßlichen

Schrankwand in Eiche rustikal, dem kuhfladenbraunen Teppichboden und den Hundertwasser-Drucken an den pistazieneisgrünen Wänden saßen und Bier tranken. Heiner starrte auf die orangerot gemusterten Vorhänge, die Karsten so liebte, weil seine Ex-Freundin sie genäht hatte, und gestand: »Du, Karsten. Ich sitz in der Klemme. Ich hab jemanden umgebracht …«

»Es war Karsten«, sagte ich laut. »Mein Schwager. Es passt alles ganz haargenau zusammen.«

Ich berichtete von Heiners »Alibi«, das er sich bei Karsten angeblich unter dem Vorwand besorgt hatte, den Nachstellungen eines eifersüchtigen Ehemanns entgehen zu müssen. »Von wegen! Er hat alles ausgeplaudert, der Idiot!«

Frau Nägele warf mir einen schrägen Blick zu. Ich fühlte, wie ich rot wurde. Ja gut, ich hatte auch alles ausgeplaudert, aber im Unterschied zu Heiner hatte ich mich jemandem anvertraut, der daraus keinen unlauteren Nutzen zu ziehen gedachte.

Der Eisschrank brummte laut, das Radio dudelte leise, die Nägele nippte an ihrem Cognac und überlegte.

Schließlich meinte sie: »Es besteht natürlich die Möglichkeit, dass noch mehr Leute von der Sache wissen. Ihr Mann hatte zwei Tage Zeit. Wer weiß, wem er noch alles mit besoffenem Kopf Schauermärchen erzählt hat?«

Ich musste zugeben, dass rein theoretisch auch ein großer Unbekannter in Frage kam.

»Und was machen wir jetzt?«

»Abwarten«, sagte die Nägele knapp. »Bis er sich wieder meldet. Und wenn's wirklich Ihr Schwager ist, wissen Sie heute Nachmittag vielleicht noch mehr.«

12

Heide

Ich saß auf der Gartenbank, als Silvia kam, um mich abzuholen. Sie trug ein elegantes schwarzes Kostüm aus einem leichten Wollstoff mit großen Goldknöpfen und hochhackige schwarze Pumps. Die blonden Haare wurden von einem schwarzen Haarreif aus dem Gesicht gehalten. Sie war sehr blass und wirkte nervös, ein Muskel zuckte unter ihrem rechten Auge. Ich hatte das dunkelgrüne Sommerkleid angezogen, das ich schon bei der Beerdigung von Silvias Großmutter getragen hatte, und weil es zwar sonnig, aber kühl war, kombinierte ich dazu eine dunkelblaue Strickjacke und blaue Schuhe mit halbhohem Absatz. Ich kam mir schäbig vor neben Silvias Glanz, aber sie schien sich an meiner Aufmachung nicht zu stören. »Ich bin so froh, dass du mitkommst«, sagte sie voller Inbrunst zur Begrüßung. Als sie sich bückte, um mir einen Kuss auf die Wange zu geben, roch ich Cognac in ihrem Atem.

Der Jaguar parkte in anthrazitgrauer Pracht vor dem Gartentörchen. Silvia öffnete die Beifahrertür und drückte mir die Autoschlüssel in die Hand. »Fährst du?«, bat sie. »Ich glaube, ich habe zu viel Cognac getrunken. Außerdem bin ich zu zittrig. Hab eben fast einen Radfahrer erwischt.«

Sie beugte sich zu mir hinunter und flüsterte mir ins Ohr: »Ich hab einen anonymen Brief gekriegt. Heute Morgen.«

»Steig ein. Schnell!«, zischte ich, denn ich sah den alten Mann von gegenüber zielstrebig auf uns zusteuern. Er schwenkte eine leere Flasche. Von links näherte sich die alte Frau Zuckowski mit ihrem Pudel. Sie wohnte am Ende der Straße und nutzte jede Gelegenheit, um mich in ein Gespräch über ihren vor zwanzig Jahren verstorbenen Gatten zu verwickeln.

Silvia reagierte schnell. Schon klappte die Beifahrertür zu. Ich stieg ein, schob den Sitz nach vorne, ließ den Motor an und fuhr los. Der schwere Wagen machte einen Satz.

»Langsam!«, rief Silvia.

Ich bog in die nächste Querstraße ein, fuhr rechts ran und stellte den Motor ab. »Was stand in dem Brief?« Ich ahnte Schlimmes. Silvias Gesicht sprach Bände.

Sie zog ein zusammengefaltetes Blatt Papier aus ihrer kleinen schwarzen Handtasche und drückte es mir wortlos in die Hand. Ich las, und dann, aus einem Impuls heraus, knüllte ich das widerliche Geschreibsel zusammen und warf es gegen die Windschutzscheibe. Es prallte ab und landete in Silvias Schoß. Sie ließ es kommentarlos wieder in der Handtasche verschwinden. »Ekelhaft! Hast du eine Ahnung, wer dahinter stecken könnte?«

Silvia nickte. »Ich glaube, es ist Karsten. Mein Schwager. Aber ganz sicher bin ich nicht.«

Sie erklärte mir, wie sie zu diesem Schluss gekommen war. Ich hörte zu, ohne zu unterbrechen. Dann sagte ich: »Der Kerl hat nichts gegen dich in der Hand. Heiners Tod war ein Unfall. Und deine Großmutter starb offiziell an Herzversagen.«

»Aber die Polizei würde bestimmt eine Obduktion anordnen. Und dann käme heraus, dass sie erstickt wurde!«, sagte Silvia ängstlich.

»Man könnte dir nicht nachweisen, dass du sie umgebracht hast.«

»Hab ich ja auch nicht. Nicht direkt«, murmelte Silvia.

»Aber wie kann ich das beweisen? Die Nägele kann mir nicht helfen. Sie kann doch nicht plötzlich aussagen, dass sie Heiner im Haus gesehen hat in der fraglichen Nacht.«

»Frau Nägele stünde auch unter Verdacht.«

Silvia wurde noch einen Hauch blasser. »Oh Gott. Eine reiche alte Frau wurde ermordet. Die Haupterbin und die Haushälterin haben kein anderes Alibi vorzuweisen, als dass sie in ihren Betten gelegen und geschlafen haben. Die Erbin überschreibt der Haushälterin ein paar Tage später ein Haus, das eine Million wert ist … wie sieht das aus?«

»Schlecht«, sagte ich. »Und dann stürzt sich der Ehemann der Erbin auch noch zu Tode. Dass du nachgeholfen hast, können sie dir natürlich nie nachweisen. Aber es macht sich nicht gut, oder? Zumal die Haushälterin – mittlerweile höchst verdächtig – zu deinen Gunsten ausgesagt hat.«

»Ich hab Angst«, flüsterte Silvia.

Ich legte eine Hand auf ihren Arm. »Mach dich nicht verrückt. Lass uns heut Abend in Ruhe darüber reden. Jetzt wollen wir erst mal heil nach Frankfurt kommen und die Beerdigung hinter uns bringen. Vielleicht wissen wir anschließend mehr.«

»Das hat die Nägele auch gesagt«, meinte Silvia und setzte eine große Sonnenbrille mit sehr dunklen Gläsern auf.

Die Beerdigung fand auf dem Nordfriedhof in Frankfurt-Eckenheim statt. Silvia wappnete sich mit zwei Mini-Cognacfläschchen, die sie im Tankstellenshop kurz vor der Autobahnauffahrt Kirchmünden erwarb – zusammen mit einer Packung extrastarker Pfefferminzbonbons. Sie leerte eins der Fläschchen auf halber Strecke, das andere an einer Ampel kurz vor dem Friedhof.

»Widerliches Zeug«, sagte sie und schüttelte sich. Dann steckte sie sich zwei Pfefferminz in den Mund und bot mir auch eins an.

Es war fast vorbei. Wir standen am offenen Grab, in das man den Sarg gesenkt hatte. Silvia und ich hielten respektvollen Abstand zur Schwiegermutter, einem mageren, verhuschten Persönchen, das während der gesamten Trauerfeier leise vor sich hin geweint hatte, und zu Silvias Schwager Karsten, einem großen, dicken Kerl mit hochrotem Gesicht in einem viel zu engen schwarzen Anzug. Etwa zwei Dutzend Trauergäste waren gekommen. Sie ließen sich in zwei Kategorien einteilen. Da war einmal ein Häuflein mittlerer Jahrgänge, so zwischen fünfunddreißig und Anfang fünfzig, sehr elegant und teuer gekleidet – Bekannte und Freunde von Silvia und Heiner. »Wenn's was zu feiern gab, waren dreimal so viele Leute da«, zischte mir Silvia verächtlich zu.

Den anderen Trauergästen fehlte jeglicher Glanz. Keine Schleierhütchen und dunklen Anzüge, die aussahen, als seien sie maßgeschneidert, sondern biederer, schlecht sitzender Sonntagsstaat in Braun und Dunkelblau. Müde Gesichter und schlechte Dauerwellen. Ich ordnete sie, ohne dass Silvia etwas sagte, sofort als Freunde, Nachbarn und Bekannte der Familie Degenhard ein.

Als es ans Kondolieren ging, drückte Silvia Hände, lauschte schweigend gemurmelten Beileidsbekundungen. Sie wirkte so abweisend, dass niemand versuchte, ein persönliches Wort mit ihr zu wechseln.

»Lass uns gehen«, sagte Silvia, als die letzte Hand geschüttelt war. Die Trauergäste, bis auf eine ältere, weißhaarige Frau in einem schwarzen Popelinemantel, entfernten sich diskret, um den Angehörigen einige ruhige Minuten allein am Grab zu gönnen.

»Warte«, sagte ich. »Er schaut rüber.«

Silvia senkte den Kopf. Betrachtete sie ihre Fußspitzen? Nahm sie Abschied? Ihr Gesicht hinter der riesigen Sonnenbrille verriet nichts. Die Frau im Popelinemantel legte den Arm um Frau Degenhard und führte sie weg.

Karsten setzte sich in Bewegung. Als er vor uns aufragte wie der Koloss von Rhodos, roch ich Schweiß und Mottenkugeln. Er sah seinem Bruder, der blond und ein gut aussehender Mann gewesen war, gar nicht ähnlich. Die dunklen Korinthenaugen, die Stupsnase, der kleine, volle Mund wirkten verloren in dem breiten, roten Gesicht. Das, was von seinen mausbraunen Haaren noch übrig war, war in langen Strähnen quer über den Schädel gekämmt, der Scheitel setzte über dem linken Ohr an.

Ich murmelte mein Beileid, schüttelte seine schlaffe, feuchte Hand und machte, dass ich fortkam. Bei einem Ahornbaum am Weg blieb ich stehen und drehte mich um. Karsten stand dicht vor Silvia und redete auf sie ein. Sie antwortete und wich dabei zurück, er folgte ihr.

Schließlich nickte Silvia, dann drehte sie sich auf dem Absatz um und ging mit schnellen Schritten davon. Im Gehen nahm sie die Sonnenbrille ab. Ich sah ihr Gesicht und wusste, worüber Karsten mit ihr gesprochen hatte.

13

Heide

Wir saßen bei Tee und Apfelkuchen in der Küche der alten Villa. Frau Nägele hatte eine weiße, mit gelben Rosen bestickte Tischdecke aufgelegt und ein Väschen mit Sonnenhut aus dem Garten hingestellt.

Silvia sah elend aus. Bläuliche Schatten lagen unter ihren Augen, tiefe Falten zogen sich von der Nase zum Mund. In wenigen Stunden schien sie um zehn Jahre gealtert zu sein.

Frau Nägele war offensichtlich die Einzige, der es nicht den Appetit verschlagen hatte. Sie nahm sich ein zweites Stück Kuchen und sagte: »Erzählen Sie noch mal.«

Silvia holte tief Luft. »Er hat gesagt, er müsse dringend eine wichtige Angelegenheit mit mir besprechen. Unter vier Augen. Ich soll mich morgen Mittag um zwölf an Heiners Grab mit ihm treffen. Ich fragte ganz harmlos, ob wir die Sache denn nicht jetzt gleich oder telefonisch besprechen könnten? Und worum es denn bitte schön ginge? Er grinste dreckig und meinte, so unzuverlässig könnte die Post in Hanau nicht sein, dass ich das nicht wüsste.«

Sie rührte in ihrer Teetasse und sagte, ohne uns anzusehen: »Ich werde natürlich zahlen. Was bleibt mir anderes übrig? Ich kann nicht riskieren, dass er der Polizei einen Tipp gibt. Selbst wenn man uns« – sie sah Frau Nägele an – »letztendlich keinen Mord nachweisen kann, gäbe es einen Riesenskandal und einen elend langen Prozess. Und vielleicht stecken sie mich doch ins Gefängnis, zumindest in Untersuchungshaft. Das halt ich nicht aus.«

»So schlimm ist es im Gefängnis auch wieder nicht«, bemerkte Frau Nägele seelenruhig.

Wir starrten sie mit offenem Mund an.

»Glauben Sie mir, ich weiß, wovon ich rede«, fuhr sie fort. »Schlimmer als das Gefängnis war die Zeit danach. Zwei Jahre hat es gedauert, bis ich eine Stelle gefunden hatte. Bei Ihrem Großvater, Silvia. Er war der Einzige, der mir eine Chance gegeben hat.«

Mit trockenem Mund fragte ich: »Was haben Sie, ähm, ich meine, weswegen wurden Sie verurteilt?«

Frau Nägele zog seufzend die Brille ab und rieb sich die Augen. »Ich habe meinen Mann erstochen. Als er besoffen im Bett lag. Er hat mich geschlagen, jahrelang. Ich bin bei ihm geblieben, weil ich ihn geliebt habe; weil er mir jedes Mal, wenn er wieder nüchtern war, hoch und heilig versprochen hat, er würde aufhören mit dem Saufen und mich nie mehr anrühren.« Sie schnaubte verächtlich. »Na ja. Ich war jung und dumm und hab ihm geglaubt, weil ich ihm glauben wollte. Dann kam der Tag, als er mich krankenhausreif geprügelt hat. Denen im Krankenhaus hab ich gesagt, bin unglücklich die Treppe runtergefallen. Die alte Leier. Keiner hat's geglaubt, aber wo kein Kläger ist, ist kein Richter, oder?«

Wir schüttelten die Köpfe.

»Danach war erst mal Ruhe. Er war lang arbeitslos gewesen, dann hatte er einen Job gekriegt auf dem Bau. Er war Maurer, wissen Sie. Vom ersten Lohn hat er mir einen Strauß Rosen vom Markt mitgebracht, ich hab mich so gefreut, dass ich geweint hab. Aber dann war der Job vorbei, es war Winter, kein Mensch brauchte einen Maurer. Er soff wieder. Ich hatte eine Stelle bei einer Arztfamilie, aber was ich nach Hause brachte, reichte kaum zum Leben. Er fing wieder an rumzubrüllen und mich zu schikanieren, nichts konnte ich ihm recht machen. Und dann, eines Abends, hab ich aus Versehen eine Flasche Bier fallen lassen ...«

Frau Nägele putzte ihre Brille mit einer Papierserviette.

»Und dann?«, flüsterte Silvia.

»Hat er mich wieder geschlagen. Ich hab gewartet, bis er schlief«, erklärte die Haushälterin sachlich. »Dann hab ich ein Messer genommen. Und anschließend die Polizei angerufen.«

Ich schauderte, froh, dass sie uns weitere Einzelheiten ersparte. Silvias Augen glänzten fiebrig in dem blassen Gesicht. »Ich wünschte, jemand würde ein Messer nehmen und Karsten ...«

Sie unterbrach sich erschrocken und presste eine Hand auf den Mund.

Frau Nägele setzte ihre Brille wieder auf und führte den Satz zu Ende: »... umbringen. Wollten Sie das sagen?«

Silvia schüttelte entsetzt den Kopf. Wir schwiegen. Der riesige alte Eisschrank in der Ecke brummte laut vor sich hin. Ich betrachtete eine Rose auf der Tischdecke, akkurat von Hand im Kreuzstich gearbeitet, und dachte: Drei Frauen in einer Küche. Drei Mörderinnen. Wie leicht es ist, ein Menschenleben auszulöschen. So vieles bringt den Tod: ein Becher mit Fingerhutsud, ein Blick zur Seite bei einer Handvoll Knollenblätterpilzen. Ein Kopfkissen, ein Messer, ein Stoß vor die Brust, der einen Mann eine Treppe hinunterstürzen lässt. Rote Grütze für Karsten? Man nehme die erbsengroßen, roten Früchte des Bittersüßen Nachtschattens, die schwarz glänzenden Beeren des Schwarzen Nachtschattens, eine Hand voll Tollkirschen (die tödliche Dosis, hatte ich irgendwo gelesen, liegt bei zehn bis zwanzig Beeren), eine Packung tiefgekühlte Himbeeren zur Geschmacksverbesserung; koche alles mit reichlich Zucker, einer ganzen Vanilleschote und einem Schuss Rotwein durch, binde mit Vanillepuddingpulver oder Mondamin. Vanilleschote herausfischen, Grütze abkühlen lassen und mit flüssiger, sehr kalter Schlagsahne servieren.

Gottes freie Natur ist ein tödlicher Selbstbedienungsladen, wenn man sich ein bisschen auskennt. Eiben-Extrakt war bei den Kelten ein beliebtes Mord- und Selbstmordgift und eine gefürchtete Kriegswaffe; man pflegte Lanzen- und Pfeilspitzen damit zu präparieren. Die hübschen, unschuldig aussehenden Herbstzeitlosen, die jetzt gerade die Wiesen schmückten, enthalten ein starkes Gift, das dem Arsen ähnelt. Der gefleckte Schierling, der häufig vorkommt – an schattigen Plätzen, im Ufergebüsch – beförderte nicht nur Sokrates ins Jenseits. Alle Teile der Pflanze sind giftig. Die Früchte, die im Oktober reif sind, wurden schon häufig mit Fenchel verwechselt; das Kraut mit Suppengewürz. Der Blaue Eisenhut wächst wild auf feuchten Bergwiesen, in Wäldern, er säumt Bäche. Wurzel, Blätter und Blüten enthalten einen äußerst giftigen Wirkstoff, der in der Antike und im Mittelalter als Pfeilgift zur Jagd benutzt wurde. Der Blaue Eisenhut blüht bis in den September hinein in meinem Garten und nicht nur dort; mit seinen hohen, aufrechten Stängeln und den tiefblauen, helmförmigen Blüten ist er eine wunderschöne und weit verbreitete Zierpflanze.

Aber so einfach es ist, zu töten, so schwierig ist es, nicht erwischt zu werden. Herzversagen bei einer alten Frau und ein tödlicher Treppensturz bei einem betrunkenen Ehemann waren eine Sache. Gift im Magen eines toten Schwagers eine ganz andere. Von solchen Feinheiten, wie und wo ein Tässchen Eibenextrakt unauffällig zu verabreichen wäre, einmal ganz zu schweigen.

»Es wäre natürlich wunderbar, wenn Ihr Schwager auf einer

Bananenschale ausrutschte und sich das Genick brechen würde«, sagte Frau Nägele versonnen.

»Oder mit Tempo hundertachtzig gegen einen Baum führe«, ergänzte Silvia.

»Oder an einer Fischgräte ersticken würde«, steuerte ich bei.

Wir sahen uns an.

Frau Nägele brachte es auf den Punkt: »Hoffen kann man immer. Aber realistisch gesehen, kommen Sie mit hunderttausend Mark gut weg. Überlegen Sie mal, was Sie Ihrem Mann hätten zahlen müssen.«

»Ja«, sagte Silvia. »Stimmt. Aber was ist, wenn sich Karsten damit nicht zufrieden gibt?«

Frau Nägele angelte nach einem dritten Stück Kuchen. »Es lohnt doch nicht, über ungelegte Eier nachzudenken, oder?«

14

Silvia

Auf der Fahrt zum Friedhof war ich die Ruhe selbst. Ich würde zahlen und endlich, endlich würde alles vorbei sein. Ich würde mein neues Leben in Angriff nehmen, weit weg von Frankfurt und Kirchmünden. Weder Karsten noch meine Schwiegermutter würden mich je wieder zu Gesicht bekommen.

Karsten stand mit gefalteten Händen und gesenktem Kopf an Heiners Grab. Wider Willen fühlte ich Mitleid und einen Anflug von schlechtem Gewissen. Er hatte seinen Bruder verloren, an dem er gehangen hatte, und ich war schuld.

»Hallo, Karsten«, sagte ich wesentlich freundlicher als ursprünglich beabsichtigt.

Er sah auf, wischte sich über die Augen. Feindselig starrte er mich an. »Von Rechts wegen solltest du hier liegen«, stieß er hervor. »Du hast ihm nur Unglück gebracht.«

Mein Mitleid verschwand so plötzlich, wie es gekommen war. Gemocht hatte ich Karsten nie, jetzt hasste ich ihn. Ich hasste ihn, weil er mich erpresste, weil er ein ungehobelter Klotz war; ich hasste ihn, weil er so abstoßend aussah in seinem miserabel geschnittenen, olivgrünen Jackett und den braunen Hochwasser-Hosen, den abgetretenen braunen Schuhen. Ich hasste sogar seine grünorange gemusterte Fliege. Wie jemand ihn einstellen konnte, um Autos zu verkaufen, war mir schleierhaft. Ich persönlich hätte mir von ihm noch nicht mal ein Paar Schnürsenkel andrehen lassen. Die Kunden mussten doch in Scharen davonlaufen, wenn sie ihn nur sahen. Aber er schien gut in seinem Job zu sein, Heiner hatte es mir immer wieder versichert. Erst im Frühjahr hatte man ihn bei Opel-Hessler zum Seniorverkäufer befördert.

»Genug der Komplimente«, sagte ich kühl. »Komm zur Sache.«

Ich stand dicht genug vor ihm, dass ich seinen Körpergeruch wahrnehmen konnte. Schweiß, Zigarettenrauch, ein billiges Rasierwasser. Ich trat einen Schritt zurück. Er holte ein Päckchen Zigaretten aus der Jacketttasche, zündete sich eine an und blies mir den Rauch ins Gesicht. Ich trat noch einen Schritt zurück. Wenn ich ein Messer hätte, dachte ich, ein großes, scharfes, ich würde es ihm in den Wanst rammen, einfach so. Oder lieber doch nicht. Ich habe ja kein Alibi.

Er kam zur Sache. Hunderttausend in bar. Übermorgen. Oder er gäbe der Polizei einen Tipp.

»Unmöglich. So viel kann ich so schnell nicht flüssig machen. Wie stellst du dir das vor? Meinst du, meine Großmutter hatte einen Geldspeicher wie Dagobert Duck, und ich brauche nur hinzugehen und einen Koffer voll zu machen?«

Er paffte an seiner Zigarette und meinte lässig: »Na gut. Eine Woche. Aber das ist das Äußerste. Glaub ja nicht, ich lass mich verscheißern.«

»Gut«, sagte ich. »Wo?«

»Selbe Zeit, selber Ort.«

»Hier? Muss das sein?«

Er grinste und entblößte große, nikotingelbe Zähne. »Hier.«

Er drehte sich um und stampfte schwerfällig davon. Erpresser, widerlicher, sadistischer. Mit unfehlbarem Instinkt hatte er genau den Ort auf Erden für die Übergabe ausgesucht, den ich freiwillig nie wieder betreten hätte.

Ich sah ihm nach. Eine gute Gelegenheit, ihm ein Messer in den Rücken zu stoßen. Weit und breit war niemand in Sicht, vielleicht hätte ich trotz fehlendem Alibi damit durchkommen können? Vor Wut am ganzen Körper zitternd stand ich vor dem Hügel aus Blumensträußen und Kränzen mit bedruckten Schleifen. Ich las: »Ein letzter Gruß, dein Krause«, »In Liebe, deine Mutti und dein Bruder Karsten«. Hätten wir nur auf einer Treppe gestanden, Karsten und ich. Hätte ich nur eine Pistole. Säße ich nur in meinem Jaguar. Ich spürte förmlich, wie mein rechter Fuß das Gaspedal bis zum Anschlag durchtrat, der schwere Wagen machte einen Satz, rammte einen Körper, der hochgeschleudert wurde, auf die Motorhaube prallte, seitlich abrutschte, liegen blieb. Karsten war tot, zumindest in meiner Phantasie, und ich fühlte mich etwas besser.

Einhunderttausend Mark steckten in einer alten Reisetasche, die Frau Nägele herbeigezaubert hatte. Ich hatte Wertpapiere verkauft, kein Problem, niemand stellte Fragen.

Die Sonne schien von einem strahlendblauen Himmel, als ich mit der Reisetasche über den Friedhof ging. Es war der letzte Tag im September, und es war fast so warm wie im Sommer. Ich trug einen dunkelblauen Hosenanzug aus Rohseide, eine Sonnenbrille und kam eine Viertelstunde zu spät, absichtlich. Karsten war schon da, ich hatte es nicht anders erwartet. Er steckte in einem blauen Jogginganzug aus glänzendem Synthetikmaterial. Die Jacke stand offen und gab den Blick frei auf viel Bauch in einem weißen T-Shirt. Turnschuhe, circa Größe fünfzig, vervollständigten das Bild. Aha, dachte ich. Freizeitkluft. Er hatte Urlaub genommen. Ob er mit einer schwarzen Reisetasche im Kofferraum einen kleinen Ausflug machen wollte? Nach Österreich? Luxemburg? In die Schweiz?

»Willst du nachzählen?«, fragte ich und stellte die Tasche ab. Er zog den Reißverschluss auf, warf einen Blick auf die ordentlich gebündelten Geldscheine, zog den Reißverschluss wieder zu. »Scheint in Ordnung zu sein. Wenn nicht, hörst du von mir. Beziehungsweise von der Polizei.«

»Es stimmt genau«, sagte ich kalt. »Und bilde dir nicht ein, du könntest noch einen Pfennig mehr aus mir herausholen.«

»Ein Mann, ein Wort«, verkündete er großartig. »So sind wir Degenhards.«

Ich verbiss mir die Bemerkung, die mir auf der Zunge lag – nämlich, dass Heiner noch leben könnte, wenn er diese Maxime beherzigt hätte –, drehte mich um und ging.

Fortuna

Der griechischen Tyche angeglichene italische Göttin von Schicksal und Fügung, Glück und Unglück.

Dargestellt mit Füllhorn oder Pokal, später meist auf einer rollenden Kugel.

Bertelsmann Neues Lexikon, 1995

15

Der Monat ging mit einer sternenklaren, milden Nacht zu Ende. Es war – bis auf einige kalte und verregnete Tage – der wärmste und sonnigste September gewesen, an den man sich in Kirchmünden erinnern konnte, ausgenommen der September 1938 – oder war es '39 gewesen oder gar '54? Frau Becker und die anderen alten Leute im Friedhofsviertel stritten sich darüber, waren sich aber in ihren düsteren Prophezeiungen für den kommenden Winter einig. Der Oktober würde noch schön werden, jawohl, weil die Schwalben immer noch nicht fortgezogen waren. Aber danach gäbe es nur noch Sturm und Regen, Schnee und Eis bis Mai. Die Schwänze der Eichhörnchen waren besonders buschig in diesem Jahr, die Igel hatten sich kugelrunde Ränzchen angefressen, das Laub der Bäume flammte besonders farbenprächtig, und die Apfelbäume trugen besonders gut in diesem Herbst – alles untrügliche Zeichen. Der alte Mann von gegenüber wusste noch eine Wetterregel beizusteuern. »Gräbt der Hamster tief den Bau, wird der Winter kalt und rau«, verkündete er, als er sich am Nachmittag bei Heide seine Ration Wacholderschnaps holte.

Am Abend war Silvia überraschend vorbeigekommen. Sie brachte Pizza vom Ristorante Sicilia in der Altstadt mit, eine Flasche Chianti und Prosecco. Es gäbe etwas zu feiern, erklärte sie: den ersten Tag ihres neuen Lebens. Sie würde nur noch nach vorn blicken, nie mehr zurück. Die Sache mit Karsten sei ein für alle Mal ausgestanden, sie sei ganz sicher. Heide hatte kein gutes Gefühl, sagte aber nichts. Frau Nägele hatte schon Recht: Es hatte keinen Sinn, sich den Kopf über ungelegte Eier zu zerbrechen.

Als Heide gegen elf leicht beschwipst schlafen ging, ließ sie das Fenster wie immer einen Spalt offen, damit Fortuna hereinkonnte. In milden Nächten strolchte die Katze nachts gern draußen herum, lag aber, wenn Heide morgens aufwachte, stets zusammengerollt am Fußende des Bettes. Thymian und Rosmarin waren nie auf die Idee gekommen, das Rankgitter als Sprungbrett ins Schlafzimmer zu benutzen; sie warteten pünktlich zur Frühstückszeit unten am Küchenfenster auf sie.

Heide träumte von Mischa in dieser Nacht. Hand in Hand wanderten sie einen einsamen weißen Strand entlang. Die heiße Sonne brannte ihnen auf den Rücken, die Luft roch nach Salz und Meer, über ihren Köpfen segelten weiße Möwen. Hand in Hand liefen sie ins Wasser, es war glasklar und warm. Mischa spritzte sie nass, Heide lachte und tauchte unter, sie war ein Seehund, ein Delphin … Sie wachte auf, als Schnurrhaare ihr Gesicht kitzelten. Neben ihr auf dem Kopfkissen saß Fortuna und betrachtete sie nachdenklich aus grünen Mandelaugen.

Heide streckte sich und gähnte. Plötzlich hörte sie von draußen Mischas Stimme, er rief ihren Namen. Sie sprang aus dem Bett und rannte zum Fenster. Da stand er, in einer abgeschabten schwarzen Lederjacke und weißen Jeans. Er schwenkte einen Strauß Astern, die er bestimmt eben in ihrem Garten geräubert hatte, und lachte zu ihr hinauf.

»Mischa!«, schrie sie. »Ich hab eben von dir geträumt. Wir sind im Meer geschwommen!«

»Schön! Machst du mir jetzt die Tür auf, oder soll ich die Leiter aus dem Schuppen holen?«

Sie frühstückten im Bett, als es schon auf Mittag zuging und die Sonne durchs offene Fenster fiel. Mischa hatte frische Brötchen mitgebracht und einen ungenießbaren vegetarischen Brotaufstrich im Glas, den eine Frau aus seiner Wohngemeinschaft fabriziert hatte. Heide steuerte Kaffee, Orangensaft, Käse und Himbeermarmelade bei. Mischa saß in Boxershorts mit gekreuzten Beinen auf dem Kopfkissen. Heide hatte sich Mischas zitronengelbes Seidenhemd übergezogen und thronte ihm gegenüber am Fußende. Sie fütterte Fortuna mit Käsehäppchen.

Mischa erzählte zufrieden von den letzten Monaten. Er habe in Bangkok eine Quelle für Sandtiere aufgetan. Dabei handele es sich um Frösche, Schlangen, Krokodile und anderes Getier aus bunter Seide, in allen Größen, fix und fertig zugeschnitten. Spottbillig im Einkauf, selbstredend. Daheim habe er sie mit Sand füllen und zunähen lassen, fertig. Die Leute seien wie verrückt hinter den Viechern her; er habe richtig gut verdient. Emma das Wohnmobil sei frisch durch den TÜV und besäße neue Reifen, eine neue Batterie, einen funkelnagelneuen Auspuff. Und ja, ein guter Kumpel von ihm sei gerade aus der Toskana zurückgekommen und total begeistert gewesen.

»Schöne Märkte gibt's da unten, du glaubst es kaum«, sagte Mischa schwärmerisch. »Sicher warten sie da unten nur auf meine Sandtiere.«

Er sah Heide an, mit dieser Mischung aus Hoffnung und Resignation, die sie so gut kannte.

Toskana, dachte Heide. Blauer Himmel, singende Zikaden. Pinien und Meer, Lavendel und Rosmarin, Oleander und Thymian. Jetzt oder nie und zum Teufel mit der Angst. Das Leben war zu kurz, um sich damit aufzuhalten.

»Ja«, sagte sie.

»Ja?«

»Ja, ich komme mit. Wenn du mich dabeihaben möchtest, versteht sich.«

Vorsichtig, um das Frühstückstablett nicht aus dem Gleichgewicht zu bringen, das zwischen ihnen stand, beugte er sich vor und küsste sie. »Du kommst mit! Ich fass es nicht! Und deine alten Damen, die Katzen, das Haus? Der ganze Kram, wegen dem du angeblich nie wegkonntest?«

»Das organisiere ich schon«, sagte Heide entschlossen.

Er stellte das Tablett auf den Boden und nahm sie in die Arme. »Vier Wochen? Vier lange, wunderbare Wochen im sonnigen Italien? Nur wir beide? Und Emma?«

»Ja!«, sagte Heide und lachte. »Ich kann's kaum erwarten!«

»Ein Wunder ist geschehen!« sagte Mischa mit frommem Augenaufschlag zum Himmel und stieß einen Schrei aus, als Heide ihn kitzelte.

Später, als Mischa laut und falsch singend unter der Dusche stand, rief Heide Silvia an. »Hast du in den nächsten Wochen schon was vor?«, erkundigte sie sich.

»Theoretisch schon. Wenn ich mich nur endlich entscheiden könnte, wo ich nun meine Zelte aufschlagen soll«, gab Silvia zurück.

»Vielleicht inspiriert dich ja eine andere Umgebung. Hättest du Lust, die Katzen und meine Blumen zu versorgen? Ich will nämlich verreisen!«

»Verreisen?«, echote Silvia erstaunt. »Du? Wohin denn?«

»In die Toskana. Mit Mischa.«

Pause am anderen Ende der Leitung. Dann: »Und wer ist Mischa, bitte schön?«

»Komm vorbei und lern ihn kennen«, sagte Heide geheimnisvoll.

Silvia würde im Haus wohnen. Sie würde die Katzen versorgen und die Blumen gießen. Sie würde Tomaten pflücken und Äpfel und Birnen, sie würde sogar Unkraut zupfen, Frau Nägele würde sie in die Geheimnisse des Gartenbaus einweisen. Dies alles wurde auf der Gartenbank besprochen, bei einer Flasche Prosecco. Als Mischa ins Haus ging, um eine zweite Flasche zu holen, sagte Silvia zu Heide: »Er ist nett, dein Mischa! Warum hast du ihn nie erwähnt?«

Heide lachte und zuckte die Schultern. Sie strahlte vor Glück und Aufregung. Fortuna schlenderte herbei, sprang auf ihren Schoß und rollte sich zusammen. Silvia streckte eine Hand aus und streichelte das seidige Fell. »Sie wird dich vermissen. Und die anderen auch.«

Rosmarin lag dösend auf den Steinplatten, Thymian schaute interessiert einem Tagpfauenauge hinterher.

»Sie haben doch dich«, gab Heide zurück.

»Ja«, sagte Silvia und lächelte. Morgen früh um fünf wollten Heide und Mischa losfahren in der roten Emma. Silvia würde ihre vier Koffer packen, alles in den Jaguar laden und irgendwann im Laufe des Vormittags hierher kommen. Sie würde in Heides Küche frühstücken, zusammen mit den Katzen. Dieses Haus, dieser Garten, würden ihr gehören, vier Wochen lang. Sie würde in Heides Bett schlafen, mit einer dreifarbigen Katze am Fußende, die ihr Glück bringen würde, da war sie sich ganz sicher. Sie würde in eine andere Welt reisen und jede Minute genießen.

Am späten Nachmittag gingen Heide und Mischa zum Friedhof. Heide hatte eine kleine Schaufel dabei und einen Blumenstrauß. »Für Irene«, sagte sie. Mischa nickte. Heide wollte sich verabschieden. Sie wollte ihrer Schwester etwas schenken und ihr etwas nehmen. Sie fragte sich nicht, warum sie ausgerechnet jetzt

Irenes silbernen Armreif ausgrub, sie wusste nur, dass die Zeit dafür gekommen war. Mischa sah ihr schweigend zu, als sie den Reif aus seiner Plastikverpackung wickelte, dann die Seidenhülle abstreifte. Der Schmuck war schwarz angelaufen, aber das machte nichts, sie würde ihn schon wieder blank bekommen.

Sie wollte ihn über die Hand schieben, aber Mischa war schneller. »Lass mich das machen«, sagte er. Im ersten Augenblick war das Gewicht an ihrem Handgelenk ungewohnt, das Metall kalt. Aber dann spürte sie Mischas Lippen auf ihrem Mund, und diese Berührung war das Einzige, was hier und jetzt zählte.

Karsten Degenhard saß mit einer Flasche Bier und einer Tüte Chips in seinem Wohnzimmer und betrachtete, wie er es gerne tat, das verschlungene, orangerote Muster der zugezogenen Vorhänge. Kathrin hatte die Stores ausgesucht und genäht, zu einer Zeit, als er noch gedacht hatte, sie wolle ihn heiraten. Aber dann lernte sie einen anderen kennen, wie das Frauen, mit denen er zusammen war, anscheinend immer passierte, und sie hatte ihm den Laufpass gegeben. Erst wollte er die Vorhänge herunterreißen und in kleine Schnipsel zerschneiden, aber sie waren teuer gewesen und gefielen ihm ausnehmend gut, und so waren sie drangeblieben. Mit der Zeit waren die Farben leicht verblasst, so wie seine Erinnerung an Kathrin, wie sie früher gewesen war, und er redete sich ein, dass er ohne Ehefrau besser dran war.

Er war mit sich zufrieden. In absehbarer Zeit würde er ein eigenes Autohaus besitzen. Opel-Degenhard – das klang verdammt gut. Die hunderttausend Mark waren ein erster Schritt in die richtige Richtung, leider nicht annähernd genug. Er war zu bescheiden gewesen, das war's. Silvia hatte, ohne mit der Wimper zu zucken, die hunderttausend ausgespuckt, er war ganz sicher, dass noch wesentlich mehr zu holen war. Hatte Heiner nicht immer gesagt, wie steinreich ihre Großeltern gewesen waren? Karsten trank einen Schluck Bier, warf eine Hand voll Chips ein und dachte nach. Wenn Silvia schlau war, hatte sie die Villa in Kirchmünden einem Makler übergeben und war getürmt. Dann würde es schwierig sein, sie aufzustöbern. Aber nicht unmöglich, wohlgemerkt. Er kannte da einen Privatdetektiv, fixes Bürschchen. Es würde natürlich etwas kosten, aber was sollte es, das Geld wäre gut angelegt. Möglicherweise hatte sich Silvia auch in Kirchmünden niedergelassen. Sie stammte ja daher. Er würde morgen mal einen kleinen Ausflug unternehmen, schließlich hatte er Urlaub. Und Landluft sollte ja gesund sein …

Frau Nägele, die gerade im Flur Staub saugte, als es klingelte, traute ihren Augen nicht, als sie durch den Türspion lugte. Da stand Silvias Schwager in höchsteigener Person. Sie riss die Tür auf und fragte: »Was wollen *Sie* denn hier?«

Er grinste frech. »Meine Schwägerin besuchen. Ist das verboten?« Frau Nägele verschränkte die Arme vor der Brust. »Sie wohnt nicht mehr hier. Ist letzte Woche mit Sack und Pack abgereist. Und sie hat keine Adresse hinterlassen.«

»So so«, machte Degenhard ungläubig. »Und was machen *Sie* noch hier?«

»Es geht Sie zwar nichts an, aber ich sag's Ihnen trotzdem. Ich wohne hier. Die alte Frau Brandt hat mir das Haus vererbt.«

»Ach was«, sagte er interessiert.

»Wenn Sie mich entschuldigen wollen … ich hab zu tun«, sagte Frau Nägele sehr höflich und schlug die Tür vor Karstens Nase zu. Durch den Spion sah sie, wie er davonstampfte. Es würde Ärger geben mit diesem Kerl, sie hatte es geahnt. Er konnte den Hals nicht vollkriegen, genau wie Heiner. Er würde herumschnüffeln und dumme Fragen stellen, vielleicht sogar einen Privatdetektiv anheuern und rauskriegen, wo Silvia steckte. Er würde sie weiter erpressen. Das alte Lied. Silvia hätte sich fortmachen sollen mit dem Geld, irgendwohin ins Ausland, das wäre das Beste gewesen. Aber Silvia hatte vor niemandem davonlaufen wollen.

Frau Nägele ging ins Wohnzimmer, schob die Gardine ein Stückchen beiseite und linste auf die Straße. Karsten stand unschlüssig vor seinem Auto, dann kletterte er hinein und fuhr davon. Sie stieß einen Seufzer aus und sagte laut: »Es kann der Frömmste nicht in Frieden leben, wenn es dem bösen Nachbarn nicht gefällt.«

Sie würde sich mit ihrer Schwester beraten, was zu tun war. Degenhard hatte seine Chance gehabt. Insgeheim hatte sie befürchtet, dass er wiederkommen würde und durch seine Gier alle in Gefahr brachte. Was, wenn der Anwalt oder die Bank anfingen, zwei und zwei zusammenzuzählen, weil Silvia riesige Summen flüssig machte?

Martha war nicht nur ihre Schwester, sondern auch ein Mensch, auf den man sich verlassen konnte. Im übrigen kannte sie sich sehr gut aus in Frankfurt. Ein gefährliches Pflaster, dieses Frankfurt, sinnierte Frau Nägele. Alle naselang wurden Menschen auf offener Straße niedergestochen und ausgeraubt. Die Verkehrsverhältnisse waren chaotisch. Man konnte überfahren werden, unter die Straßenbahn geraten, im Menschengewimmel auf die Schienen der U-Bahn stürzen. Möglich war alles.